Jon Fosse
Mañana y tarde

Jon Fosse
Mañana y tarde

Traducción de
Cristina **Gómez-Baggethun** y Kirsti **Baggethun**

Nórdica Libros / De Conatus

Título original:
Morgon og kveld

© De la traducción:
Cristina Gómez-Baggethun y Kirsti Baggethun

© De la ilustracion de cubierta:
Alberto Gamón

© De esta edición:
Nórdica Libros • nordicalibros.com
De Conatus • deconatus.com

Primera edición: octubre de 2023
Primera reimpresión: octubre de 2023

ISBN: 978-84-19735-51-5
DEPÓSITO LEGAL: M-28698-2023
IBIC: FA
THEMA: FBA
Impreso en España / *Printed in Spain*
Gracel Asociados (Madrid)

Diseño:
Nacho Caballero

Maquetación:
Diego Moreno

Corrección de estilo:
Silvia Bardelás

Corrección ortotipográfica:
Victoria Parra y Ana Patrón

I

Más agua caliente, Olai, dice la vieja matrona Anna

Venga, no te quedes ahí parado en la puerta de la cocina, dice

Ya, ya, dice Olai

y nota un frío y un calor extenderse por su piel y la piel se le eriza y una felicidad recorre todo lo suyo y se le sale por los ojos en forma de lágrimas cuando corre hacia el fogón y empieza a llenar una artesa con agua humeante, así que agua caliente, por agua no será, piensa, y echa agua en la artesa y oye a la vieja matrona Anna decir que con eso basta, será suficiente, dice, y Olai levanta la vista y ahí está la vieja matrona Anna, cogiendo la artesa

Ya la llevo yo, dice la vieja matrona Anna

y en ese momento suena un grito contenido en la alcoba

y Olai mira a la matrona Anna a los ojos y sacude la cabeza ¿y no esbozará también una sonrisilla?

Paciencia, dice la vieja matrona Anna

Si es niño, se llamará Johannes, dice Olai

Ya veremos, dice la vieja matrona Anna

Pues sí, Johannes, dice Olai

Por mi padre, dice

No le veo inconveniente al nombre, dice la vieja matrona Anna

y suena otro grito, ya más abierto

Paciencia, Olai, dice la vieja matrona Anna

Paciencia, dice

¿Me estás oyendo? dice

Paciencia, dice

Tú que eres pescador sabrás que en un barco no caben mujeres, dice

Ya, ya, dice Olai

Pues aquí pasa lo mismo con los hombres, sabes lo que traen ¿no? dice la vieja matrona Anna

Sí, ya, traen desgracias, dice Olai

Eso, desgracias, dice la vieja matrona Anna

y Olai ve a la matrona Anna enfilar hacia la puerta de la alcoba con la artesa con agua caliente por delante, con los brazos estirados, y de pronto la matrona Anna se para en la puerta de la alcoba y se vuelve hacia Olai

No te quedes ahí parado, dice la vieja matrona Anna

y Olai se estremece ¿estará él trayendo desgracias sin pretenderlo? es lo último que quiere ¿no irá a perder a su

Marta, a su querida, amada y respetada Marta, a su novia, a su mujer? no la irá a perder ¿no? no, no puede ser

Anda, cierra la puerta de la cocina y siéntate en tu silla, dice la vieja matrona Anna

y Olai se sienta ante la mesa de la cocina, hinca los codos sobre el tablero y apoya la cabeza en las manos y menos mal que llevó a Magda a casa de su hermano, piensa Olai, cuando salió a buscar a la vieja matrona Anna llevó primero a Magda a casa de su hermano, y no estaba seguro de si hacía bien porque Magda ya es casi una mujer, los años pasan volando, pero Marta le pidió que lo hiciera, cuando se puso de parto y lo mandó con la barca a buscar a la vieja matrona Anna, le pidió que se llevara a Magda a casa de su hermano para el parto, era demasiado joven para enterarse de lo que le esperaba de adulta, dijo, y Olai le hizo caso, claro, aunque ahora preferiría tener a Magda consigo, siempre ha sido una chica inteligente y sensata, buena en toda su conducta, la hija le salió buena, piensa Olai, aunque luego dio la impresión de que Dios nuestro Señor no iba a darles más hijos, Marta no volvió a quedarse preñada y pasaron los años y poco a poco se fueron haciendo a la idea de que no tendrían más hijos, así es la cosa, es lo que nos ha tocado, se decían, y daban gracias a Dios nuestro Señor por haberles dado a Magda, porque sin ella la vida habría resultado algo triste allí en el Islote al que se fueron a vivir, y fue el propio Olai quien construyó las casas, con ayuda de sus hermanos y sus vecinos, desde luego, pero la mayoría la hizo él y cuando le pidió a Marta que se casara con él, ya había comprado el Islote, lo consiguió a buen precio, y luego se lo pensó todo muy bien, se pensó dónde construir la casa, que tenía que estar abrigada del viento y el temporal, y se pensó dónde poner el muelle y el cobertizo para el barco, no fueran a venirle luego diciendo, y lo primero que construyó fue el muelle, y lo hizo en una cala tranquila encarada hacia tierra, bien abrigada del viento y el temporal que acechan el Islote por el oeste, y luego construyó la vivienda, y quizá no le saliera muy grande ni muy bonita, pero sí lo suficiente, y ahora, ahora Marta por fin estaba pariéndole un hijo ahí en la alcoba, por fin iba a nacer el niño Johannes, porque eso era seguro, pensaba Olai ante la mesa de la cocina, sentado en su silla con la cabeza entre las manos, y ojalá la cosa fuera bien, ojalá Marta pudiera parir al niño, traerlo al mundo, ojalá el niño Johannes no se atascara en el vientre de Marta y ojalá sobrevivieran tanto ella como el niño, ojalá no le pasara a Marta lo mismo que le pasó a su madre aquel día tan espantoso, no, eso no se puede ni pensar, piensa Olai, porque ¿acaso no han estado bien, Marta y Olai? quererse se quieren desde el primer día, piensa, pero ¿y ahora? ¿ahora va a perder a Marta? ¿tan mal le quiere Dios? no, claro que no, pero Olai siempre ha pensado que en este mundo manda Satanás tanto como manda el buen Dios, este mundo tiene que gobernarlo en gran medida un dios inferior, o el mismísimo Maligno, aunque tampoco del todo, porque el buen Dios anda también por aquí, así es la cosa, piensa Olai ante la mesa de la cocina, sentado en su silla con la cabeza entre las manos, hasta ahora el buen Dios había venido a él, Olai tenía una buena vida, y con lo que él quería a su mujer y a su hija Magda, no tenía derecho a quejarse, claro que no, mientras tuvieran a Magda no podían quejarse de su suerte, más bien debían dar gracias a Dios nuestro Señor por habérsela concedido, así pensaban ellos, tanto Marta como él, pero resulta que un día a Marta empezó a crecerle el vientre y entonces vieron claro que Dios nuestro Señor iba a darles otro hijo y cuando ya no cabía ninguna duda, dieron gracias a Dios nuestro Señor por bendecirles con otro hijo y esta vez sería un varón, ahora nacería el pequeño Johannes, de eso Olai estaba bastante seguro, y ya habían llegado el día y el momento, solo que la cosa se alargaba y se alargaba, pensaba Olai, ante la mesa de la cocina con la cabeza entre las manos, ahora nacería un varón, eso seguro, lo que no estaba claro era si conseguiría llegar con vida a este mundo cruel, pues sí, eso era lo que se estaban jugando, pensaba Olai, pero si el niño naciera con vida, no cabría duda de cómo se llamaría, hacía ya mucho que Olai le había dicho a Marta que el niño que llevaba en el vientre se llamaría Johannes, por su padre, y ella no había puesto objeciones, porque era lo suyo, dijo Marta, que el niño se llamara Johannes como el padre de Olai, piensa Olai ¿y por qué estarán ahora tan calladas ahí en la alcoba? ¿se estará complicando la cosa? pero todo parecía ir bien cuando la vieja matrona Anna pasó por la cocina para coger más agua caliente, no, él no le notó a la vieja matrona Anna que la cosa fuera mal, no, piensa Olai, y enseguida se siente más sereno, la verdad es que de pronto se siente casi feliz, vaya, hay que ver cómo cambian las cosas, increíble, piensa Olai, y ahora un niño chico, el niño Johannes, verá la luz del mundo, porque el niño se ha hecho grande y fuerte en la oscuridad del cálido vientre de Marta, ha pasado de no ser nada de nada a ser una persona, una personita, pues sí, en el vientre de Marta le han salido dedos en las manos y dedos en los pies, y le ha salido cara, le han salido ojos y cerebro y quizá hasta algo de pelo, y ahora, mientras su madre Marta grita de dolor, el niño vendrá al frío de este mundo y aquí estará solo, separado de Marta, separado de todos los demás, estará solo aquí, siempre solo, y luego, cuando todo haya acabado, cuando llegue su hora, se descompondrá y volverá a la nada de la que salió, de la nada a la nada, ese es el curso de la vida, para las personas, los animales, los pájaros, los peces, las casas, las herramientas, para todo lo que existe, piensa Olai, aunque también es mucho más, piensa, porque aunque pueda pensarse así, de la nada a la nada, tampoco es que sea así, es mucho más que eso, pero ¿qué es todo lo demás? ¿el cielo azul? ¿los árboles que brotan? ¿el verbo que fue lo primero, como dicen las Escrituras, y que por la gracia nos da un entendimiento profundo? ¿qué es lo demás? ¿qué será? ¿quién puede decirlo? porque tiene que haber un espíritu de Dios que esté en todo y haga que las cosas sean algo más que una nada, que las transforme en sentido y en colores, y por tanto, piensa Olai, también las palabras y el espíritu de Dios deben de estar en todo, pues sí, seguro que es así, piensa Olai, aunque también está seguro de la existencia de una voluntad activa de Satanás, y lo que no tiene nada claro es si habrá más de lo uno o de lo otro, piensa Olai, porque seguro que luchan entre ellos, esos dos, para ver quién se impone, y seguro que estaban ya luchando en el momento en que se creó todo, piensa Olai, que Dios creara un mundo bueno y sea omnisciente y omnipotente, como dicen los beatos, eso no se lo ha creído él nunca del todo, pero que Dios existe, eso lo tiene claro, porque Dios existe, aunque esté muy muy lejos y muy muy cerca, porque Dios está en el individuo, y de que la distancia entre el Dios lejano y para nada omnipotente y el individuo humano y para nada omnipotente menguó cuando Dios se hizo hombre y vivió entre nosotros, en los tiempos en que Jesús anduvo por la tierra, de eso tampoco ha dudado nunca Olai, pero que Dios lo decida todo y que todo lo que ocurre tenga un sentido divino, eso no se lo traga, la verdad, tan verdad como que se llama Olai y es pescador y está casado con Marta y es hijo de Johannes y como que ahora, en este mismo instante, va a ser padre de un niño chico que se llamará Johannes por su abuelo. Existe un Dios, sin duda, piensa Olai. Pero está muy lejos, y muy cerca, aquí mismo está. Y no es ni omnisciente ni omnipotente. Y este Dios no es el único que gobierna el mundo y a las personas, desde luego que también está aquí, pero no cabe duda de que se despistó mientras creaba el mundo, piensa Olai, y dado que piensa así habrá que considerarlo un pagano, porque él no puede responder del credo, no puede, no está en sus manos, porque tampoco puede fingir no saber lo que sabe, y no haber visto lo que ha visto, y no haber entendido lo que ha entendido, y tampoco es que le resulte fácil ponerle palabras a lo que sabe, porque lo que él tiene es una especie de certeza inexpresable, que tiene tanto de dolor como tiene de palabra, y si le aprietas diría que su Dios es más bien de afuera de este mundo, es un Dios que solo se intuye al negar el mundo, solo entonces se muestra, curiosamente, tanto en el individuo como en el mundo, piensa Olai, y algo de lo que este Dios quiere decirle logra oírlo siempre que un músico toca bien, pues mira, sí, en esos momentos aparece Dios, porque al fin y al cabo la música buena rechaza el mundo, solo que eso no le gusta a Satanás y por eso Satanás monta siempre tanto jaleo y da tantos problemas cuando toca un músico bueno de verdad, y eso es una lástima, piensa Olai, y ahora, ahora ahí en la alcoba, el niño Johannes está luchando por su vida, el niño Johannes, su hijo, está llegando a este mundo de dolor y este probablemente sea uno de los mayores esfuerzos que tiene que hacer una persona en su vida, el de salir de su origen en el vientre de su madre y entrar en su propia vida en este mundo del dolor, porque desde ese mismo momento entra en contacto tanto con la bondad de Dios como con ese dios más bajo, quizá Satanás, uy, no, qué hace él pensando estas cosas en este momento, es que hace falta, esto, el qué, en fin, piensa Olai, y se levanta y oye a Marta gritar y oye a la vieja matrona Anna decir ea, empuja otro poco, muy bien, Marta, y la vieja matrona dice ea, empuja otro poco, y algo le presiona la cabeza y la oscuridad ya no es suave y roja y tantos ruidos y un ritmo constante a a da da a a a da a y a o ea e a e a arrulla a susurra a y al río viejo y o acuna u a u agua a u a e a ea todo es a constante y voces y ruidos y ea empuja ea ya e frío corta y afila piedra ea atrás ea adelante ea cortante ea duelen brazos duelen piernas duele todo ea dedos ea acurruca corta ea todo ea agua aua calma e a o a ruge ue voces e a e ya e así ya y luz de allá sí de allí sí de otro lugar ua ya no está y ruge u e a ya ruido y sale a lanzado y ahora manos y ahora dedos curvos dedos y los viejos y ya no está todo en una vieja casa de agua en un viejo mar de musgo y estrellas luminosas que se acercan y se alejan y ya llegan y claro no está nada pero todo atravesado por una claridad como de una estrella y frío y suave limitado línea a tierra y ya el silencio en un silencio grande y viejo de aquí y no de adentro sino que algo iba y no volvía y se pierde y la pérdida es vieja y nunca es la misma y ahora el grito alto y claro grito claro como una estrella un recado un sentido un viento este aliento aliento calmo y calma queda calmo meneo y tela suave blancura nueva del mar y una prenda ni roja ni oscura sino seca y silenciosa y ahora una mano y el grito que se pierde y tan suave suave como lo rojo y oscuro suave y caloroso y tan blanco suave y caloroso entre los labios y tan firme y blanco y todo es calmo y ay qué bonito qué bonito eres qué lindo qué lindo eres qué lindo es este niño más lindo no lo hay no lo hay más lindo Ay, qué lindo es este niño Precioso es el niño Madre mía Ha sido niño y suave y húmedo y una extraña calma y calma y ahora a o a y lo blanco ao y suave e a y firme e a ea ea e a blanco y caloroso ea ea y tan calmo Y se llamará Johannes Sí y ahora cae y ahora se pierde y no ser y Ay, qué bonito es Johannes y quedarse y quedarse donde no hay otra cosa y Johannes será pescador como su padre Eso será y ahora calma calma queda y quedarse ahí y ahí y ea ea y Olai ahí, junto a la cama de la alcoba y ve al niño Johannes descansando al pecho de su madre y en la frente el fino pelo aplastado y Marta con los ojos cerrados y respira con calma y el niño Johannes descansa en su pecho y mama y mama

Qué bonito eres, dice Olai

Sí que es bonito, y está bien formado, dice la vieja matrona Anna

Y todo ha salido bien, dice

Ha ido todo bien para la madre y para el niño, dice

Y ahora tienen que descansar, están los dos agotados, ahora tienen que descansar, dice

Sí, y gracias por ayudarnos tanto y tan bien, dice Olai

Las gracias dáselas a Dios, dice la vieja matrona Anna

Pero ya casi vas a tener que llevarme a casa, dice

Sí, lo haré, sí, dice Olai

y Olai está ahí parado mirando a Marta y al niño Johannes que descansa en su pecho, y el pecho está grande, enorme, no recuerda haberlo visto nunca tan grande, grande y blanco está, lleno de venitas azules, y Marta está ahí y parece sana y salva solo que enormemente cansada y extraordinariamente tranquila también parece ahí tumbada con los ojos cerrados y respira despacio y hondo como desde una calma de más allá de la vida, piensa Johannes, de pie junto a la cama de la alcoba, mirando a Marta y al niño Johannes que descansa sobre su pecho

¿Estás bien, Marta? dice Olai

y piensa que algo tenía que decir, no podía quedarse ahí callado, titubeando, en un momento como este, piensa Olai, de pie junto a la cama en la que descansa Marta con el pequeño Johannes al pecho y Marta no contesta y Olai ve a Marta abrir los ojos y mirarlo y Olai no entiende esos ojos, es como si lo miraran desde algún lugar remoto y parecen saber algo que él no sabe, y la verdad es que él nunca ha entendido a las mujeres, ellas saben cosas, cosas que él no entiende, cosas que no dicen y seguramente tampoco puedan decir, porque decirse no pueden

Sí, dice Marta a media voz

Qué bien, dice Olai

Solo que está cansada, como entenderás, dice la vieja matrona Anna

Cansada, repite

y Johannes ve que Marta asiente con la cabeza y ve que cierra de nuevo los ojos y luego vuelve a oír su respiración, tranquila, lenta

Tienes que traerte a Magda a casa, dice Marta desde el fondo de sí misma

Sí, claro, dice Olai

y no entiende por qué la voz de Marta viene de tan lejos, es como si al hablar no estuviera aquí en la alcoba, con él, sino en algún otro lugar donde solo está ella, en una gran calma

Para que salude a su hermano, dice Marta

y sigue hablando con los ojos cerrados y desde una respiración lenta y honda y calma

Mientras aún sea nuevo en la vida, dice Marta

y Johannes ve una leve sonrisa extenderse por los labios de Marta y ahora ve lo pálidos que tiene los labios y al momento es como si el niño Johannes encogiera las piernas y entonces rompe a chillar y mira que tiene poderío el niño, quién lo diría, que un granujilla tan chico pueda tener tanto poderío en la voz, piensa Olai, qué cosas, qué cosas

Es bueno que chille, dice la vieja matrona Anna

Le viene bien, demuestra que vive y respira como debe, dice

No me digas, dice Olai

Así es, sí, dice la vieja matrona Anna

y Olai ve que Marta le acaricia y le acaricia la espalda al niño Johannes y dice ea ea, calma, no grites tanto, todo irá bien, dice Marta, y lo dice con esa respiración honda y lenta, una respiración procedente de algún lugar en calma, fuera del mundo, piensa Olai, junto a la cama en la que Marta descansa y el niño Johannes chilla y chilla y el niño Johannes oye su voz entrar poderosa en el mundo y su chillido llena el mundo en el que se encuentra y ya nada es caloroso y negro y rojizo y húmedo y entero, ya no hay más que su propio movimiento, ahora es él quien llena lo que hay y su voz y él están separados pero a la vez no lo están y también hay algo más, algo de lo que forma parte pero que no es él, porque ahí afuera su voz se separa y viene a su encuentro y suena más fuerte y más fuerte y

Todo saldrá bien, dice Olai

y ahí afuera hay también otras voces otras alas otras luces y se parecen y es todo distinto y es como si él formara parte de todo el asunto y ahora

Ea ea, dice Marta

y luego estos timbres calmos ea ea ya e ya e ea ea ya e y sentirse ea ea y calma ea y calor y ruidos ea ea calor calma y luego este miedo, separado, separado, y ahora, ahora las voces ahí afuera, ahí afuera, todas las voces y ya nada está unido y ea ea niño Johannes chilla y chilla y ya nada parece estar unido y está todo separado y disperso y el chillido y es todo un calmo jaleo

Niño Johannes, todo irá bien, dice Olai

Se llamará Johannes, sí, dice la vieja matrona Anna

y ya nada está calmo todo es movimiento cortante corta y se abre se cierra y ea ea y así será movimientos lentos más rápidos contra otros con otros y ya nada es para nada claro todo es movimiento sin colores sin compás ya nada se mueve calmo calma hacia delante todo se destaca todo el rato y nada puede separarse y el niño Johannes rompe a chillar y la voz crece y él está en su interior y está separado de ella y está tan tan solo sin colores ni ruidos ni luz y siente dolor no ya en los brazos las piernas la tripa le duele esta luz esto estos movimientos esto esta respiración esto todo entra y sale y ea ea ha de ser ha de ser ha de ser y lo suave y blanco lo firme en la boca y sentir

Ea ea, dice Marta

Pues sí, se llamará Johannes como mi padre, dice Olai

Sí, se llamará Johannes, dice Marta

y abre los ojos y ahora parece mirarlos, tanto a Olai como a la vieja matrona Anna

Es un nombre tan bueno como cualquier otro, dice la vieja matrona Anna

Podrá vivir bien con él, dice

Eso pienso yo, dice Olai

Y Johannes será pescador, como su padre, dice Olai

Eso está bien, dice la vieja matrona Anna

En fin, dice Olai

Has tenido un niño bien formado, y todo ha salido bien, dice la vieja matrona Anna

Y será pescador, dice Olai

Así será, sí, dice la vieja matrona Anna

Mira qué a gusto está ahora, el granujilla, dice Olai

Pues sí, ya se ha colocado en la vida, supongo, dice la matrona Anna

y luego dice que tendrá que ir pensando en irse a su casa, en este país hay más mujeres preñadas de niño, dice, así que será mejor que espere en su casa a que la llamen, es lo más seguro, dice, así que quizá deberían ir pensando en irse ¿no? y además es un buen trecho para hacerlo a remo, dice la vieja matrona Anna, y Olai asiente con la cabeza y dice que tendrán que irse, sí, y la matrona Anna dice que Marta y el niño ahora están bien y en caso de que algo no fuera bien, no tiene más que llamarla, dice la vieja matrona Anna, pero ahora está todo bien, eso puede decirlo y sabe lo que se dice, dice la vieja matrona Anna, y Olai mira a Marta ahí tendida con los ojos cerrados y el niño Johannes al pecho

Pues me llevo a la vieja matrona Anna a su casa en la barca, dice Olai

y Marta está ahí tendida como si no oyera lo que dice, está ahí tan tranquila, casi como si durmiera, con el niño Johannes al pecho

Bueno, Marta, dice Olai

Está cansada, tiene sueño, dice la vieja matrona Anna

Sí, marchaos, dice Marta

y Olai ve que Marta no abre los ojos

Ahora tienes que descansar, dice la vieja matrona Anna

y acaricia levemente la frente de Marta

Y luego tienes que traerte a Magda a casa, dice Marta

y mira a Olai de frente

Eso haré, dice Olai

y entonces Marta le sonríe con delicadeza y Olai levanta la mano y acaricia la frente de Marta con sus dedos ásperos flacos y largos y nota que la frente está húmeda y luego acaricia con delicadeza la mandíbula del niño Johannes y nota lo extrañamente suave que le resulta tocarle la mejilla

Tenemos que irnos, dice la vieja matrona Anna

Tendremos que irnos, sí, dice Olai

II

Johannes se despertó y se notó rígido y entumecido, y se quedó un buen rato en la cama que tenía en la alcoba detrás de la cortina que la separaba de la sala, pensando que tenía que levantarse, pero siguió acostado, porque afuera el día debía de estar tan gris como todos los demás, sin duda, con lluvia y llovizna, con viento y el cielo encapotado, todo húmedo y frío, al fin y al cabo en esta época del año todos los días eran así, y además ¿a qué iba a dedicar hoy el día? tampoco podía pasarse el día de brazos cruzados, porque la casa estaba muy desangelada desde que Erna murió, desde que ella se marchó parecía faltarle el calor, y claro que podía hacer fuego en la estufa de leña y claro que podía encender las estufas eléctricas, y de hecho las ponía al máximo, no reparaba en gastos, no le hacía falta desde que entró en años y empezó a cobrar la pensión, él como los demás, pero por mucho que calentara la casa nunca llegaba a calentarse del todo, y por muchas luces que encendiera tampoco llegaba a iluminarse del todo, de modo que si por eso fuera, podía quedarse en la cama holgazaneando tanto como aguantara, solo que tampoco podía darse por vencido, había que mantener el vigor, hacer algo, de lo contrario se quedaría tieso y se moriría de hambre, porque un muchacho hacía ya mucho que no era, pensó Johannes, en fin, habría que levantarse, pensó, no podía quedarse más tiempo en la cama y además tiene mucho mono de tabaco, así que por lo menos le sentará bien echarse un cigarrito, piensa Johannes, y la alcoba estará fría, y la sala también, pero en la cocina la estufa eléctrica lleva encendida toda la noche, así que será mejor que se meta allí, y se líe un cigarrillo, ponga la cafetera y se prepare algo para desayunar, una rebanada de pan con queso de cabra tendrá que ser, como todos los días, piensa Johannes. Pero ¿y luego? ¿Luego qué hará? ¿Darse una vuelta por el oeste de la Ensenada, para ver cómo anda aquello? y si acompañara el tiempo incluso podría salir con la barca, tratar de pescar algo, pues sí, eso debería hacer, piensa Johannes, y al momento piensa que eso mismo es lo que piensa todas las mañanas, todas las santas mañanas piensa exactamente lo mismo, piensa Johannes ¿y qué iba pensar si no? ¿qué podría hacer sino ir al oeste de la Ensenada? piensa Johannes, y piensa que tan abatido como está tampoco debería estar, tampoco es para tanto

¿acaso no tiene casa y lumbre? y hasta hijos tiene, y le han salido buenos, y la menor de las hijas, Signe, tampoco vive muy lejos ¿y no se pasa Signe a verlo casi todos los días? y además lo llama por teléfono, eso hace, y hasta tiene nietos, menudos granujas que son algunos de ellos, y hay que ver la alegría que dan, los nietos, eso es innegable, y él pretende quedarse en la cama, lamentándose, incapaz de levantarse, en fin, ya está bien, piensa Johannes, y se incorpora y de pronto se siente muy ligero, como si no quedara en él ningún peso, piensa Johannes, qué raro, se ha incorporado sin sentir dolores ni molestias en los huesos o en los músculos, es que se ha incorporado sin más, como si fuera un muchacho, piensa Johannes ahí sentado en la cama, y si le resulta tan fácil, tendrá que levantarse ya, piensa Johannes, y se levanta y le resulta facilísimo y ahí está Johannes, en pie, y la verdad es que se tambalea un poco, pues sí, un poco, pero se siente liviano, extrañamente liviano, de cuerpo y de mente, piensa Johannes, y en la silla ve el pantalón, y la camisa, y agarra la camisa y se la pone y se abotona la camisa y luego llega el turno del pantalón y lo coge y se vuelve a sentar en la cama y se agacha y consigue introducir un pie en una pernera, por donde hay que hacerlo, y luego el otro pie por donde hay que hacerlo, y no siente ni dolores ni molestias al agacharse y Johannes se pone de pie y se queda parado, sin ningún problema, pero qué cosa tan rara, piensa Johannes, y se sube el pantalón y consigue pasarse uno de los tirantes por encima del hombro, por donde hay que pasarlo, y luego se pasa el otro, y ahora tendrá que ir a la cocina porque el paquete de tabaco está donde tiene que estar, sobre la mesa de la cocina, delante de su silla, en el mismo sitio donde lleva dejándolo tantísimos años, piensa Johannes, y sale a la sala y ve que la sala está como suele estar, limpia y ordenada tiene él la sala, aunque ahora viva solo, nadie puede decir que Johannes no mantiene la casa ordenada, eso no, piensa Johannes, y tampoco parece que haga tanto frío en la sala como suele, la verdad es que no nota frío ninguno, ni frío ni calor, la sala está acogedora y agradable, como en una mañana de verano, una estupenda mañana de verano, piensa Johannes, y ahora tendrá que ir a la cocina para echarse un cigarrillo con un café, como lleva haciendo cada mañana desde hace tantos años, piensa Johannes, y abre la puerta de la cocina y ahí, sobre la mesa, exactamente donde tiene que estar, está el paquete de tabaco, y también la cajita de cerillas, pues sí, le va a sentar bien un cigarrillo, por las mañanas tiene siempre muchas ganas de fumar, aunque hoy, ahora que lo piensa, no tiene ningún mono de tabaco, esto no hay quien lo entienda, y sin embargo hoy también se echará su cigarrito, piensa Johannes, y se acerca a la mesa de la cocina y saca la silla y se sienta y tampoco en la cocina hace ni frío ni calor, piensa Johannes, y mira el lado de la mesa en el que se sentaba Erna por las mañanas y ahora la silla está vacía, pero hoy casi parecería que la tuviera ahí sentada, piensa Johannes, y mira por la ventana de la cocina y da la impresión de que el día está gris y desapacible, pero ¿qué esperaba? pues eso, que estuviera así, piensa Johannes ahí sentado en la silla en la que se sienta de toda la vida, aquí se sentaba él y frente a él se sentaba Erna, piensa Johannes, y agarra el paquete de tabaco y se lía un cigarrillo, un cigarrillo de buen tamaño, y coge la cajita de cerillas y se enciende el cigarrillo y le da una buena calada y otra y por cada calada que da suele notar cómo el tabaco se le extiende por los brazos y las piernas, cómo le sosiega o algo así, no sabría cómo expresarlo, piensa Johannes, pero hoy no nota nada y mira que es raro, porque de toda la vida le pasa que hasta que no se fuma unos cuantos cigarrillos, es como si no entrara del todo en la vida, piensa Johannes, y con el cigarrillo en la boca se levanta y coge la cafetera, se acerca a la pila, abre el grifo, echa agua, vuelve a cerrar el grifo y luego coloca la cafetera sobre la placa de la cocina y la enciende, y se queda mirando la cafetera, tan brillante y tan bonita, y se le viene a la cabeza un señuelo de pesca, tan brillante y tan bonito, y eso de que el señuelo no se hundiera aquel día que Peter y él salieron a pescar, eso sí que fue increíble, piensa Johannes, resulta que lanzó el señuelo al agua y apenas un metro por debajo de la barca el señuelo se paró en seco y se quedó ahí atascado en el agua cristalina y no siguió hundiéndose ¿cómo pudo sucederle eso a él? ¿y qué significará? ¿tendría Peter razón cuando dijo que el mar ya no quería saber nada de Johannes? ¿sería eso? piensa Johannes, pero qué raro que se haya acordado de eso ahora, que una vez más se le haya venido a la cabeza aquel señuelo atascado a un metro de profundidad y el sedal flotando sobre la superficie del agua, y luego él ahí parado recogiendo el señuelo, y soltándolo, y vuelve a pasar lo mismo, incluso cuando se pasa al otro costado del barco vuelve a pasar lo mismo, una y otra vez, ay, es que no puede ser, piensa Johannes, y piensa que no debe contarle a nadie lo de aquel señuelo que no quiso hundirse, de todos modos nadie le creería, pensarían que miente o que ha perdido la cabeza, piensa Johannes, y ve que el agua ya hierve en la cafetera y va y la aparta del fuego, y apaga la placa y echa en la cafetera dos buenas cucharadas de café, pues por lo menos se va a echar un cafelito, piensa Johannes, y además tendrá que prepararse una rebanada de pan, aunque hoy, al igual que todas las demás mañanas, tampoco le apetezca demasiado desayunar, pero una rebanada de pan sí que logrará meterse hoy también, piensa Johannes, y deja el cigarrillo en el cenicero, se acerca a la encimera, abre el cajón del pan y saca un mendrugo

Mira que está duro, y qué malo, dice Johannes

y coloca el mendrugo sobre la tabla y coge el cuchillo y se corta una rebanada y la unta bien de mantequilla y con el cuchillo corta un buen trozo de queso de cabra

En fin, algo habrá que comer, dice Johannes

y coge la taza de la encimera, y la verdad es que no friega los cacharros muy a menudo, pero ¿qué más dará? un hombre solitario como él, piensa Johannes, y se acerca a la pila y enjuaga la taza y luego va y se sirve un café, lo prueba con cuidado y entonces va y deja la taza sobre la mesa, y luego va y coge la rebanada de pan con queso de cabra, va y se sienta, deja el cigarrillo en el cenicero, le da un mordisquillo al pan y luego un traguito al café, y mastica a conciencia, y la verdad es que saberle no le sabe a nada, ni bien ni mal, piensa Johannes, pero consigue tragárselo, y luego da otro sorbo al café, y otro mordisco al pan, y otro poco de café, bueno, bueno, la cosa no va tan mal, piensa Johannes

La cosa no va nada mal, no, dice Johannes

y ahora tendrá que darle otro par de caladas al cigarrillo, piensa Johannes, y coge el cigarrillo del cenicero y se lo enciende, y le da unas caladas, y luego vuelve a probar el café ¿y no empieza ya a mejorar la cosa? claro que sí, piensa Johannes, el día se está animando y él piensa darse una vuelta por el oeste de la Ensenada, quizá incluso coja la bicicleta, porque la carretera ya no está helada, así que podría ir en bicicleta, pero entonces tendrá que ir al almacén a ver cómo anda la bicicleta, piensa Johannes, pues sí ¿por qué no coger la bicicleta? piensa Johannes, primero se acabará la rebanada de pan con queso y se tomará por lo menos otra taza de café, y con eso se sentirá como nuevo, piensa, y suelta el cigarrillo y piensa que se va a comer la rebanada entera sin darle más vueltas, piensa, y coge la rebanada y muerde y mastica y bebe café y la rebanada de pan va menguando y por fin Johannes suelta la corteza sobre la mesa, tampoco tiene por qué comerse la corteza, se lo puede permitir, piensa, y coge el paquete de tabaco, y se lía otro cigarrillo y coge la cajita de cerillas y se enciende el cigarrillo y con el cigarrillo en la boca y la taza en la mano se acerca al fogón y se sirve otro café y vuelve a sentarse a la mesa y si no fuera por aquel señuelo que aquel día se negó a hundirse, hoy saldría a pescar un rato, pero estando la cosa como está, negándose el señuelo a hundirse cuando él lo echa al agua, será mejor que no salga ¿o quizá? ¿quizá sí que podría salir hoy un ratito con la barca? tampoco tiene por qué pescar, aunque eso sea lo que él suele hacer, piensa Johannes, y ojalá estuviera aquí Erna, piensa, qué pena que se fuera tan de repente, sin previo aviso, y la noche antes de que muriera estuvieron discutiendo aquí en la mesa de la cocina, no recuerda ni por qué fue, pero fue por algo, y luego se fueron a la cama, él en la alcoba de abajo y ella en el dormitorio de arriba, como siempre, y a la mañana siguiente ella ya no bajó y eso fue más o menos todo, piensa Johannes

En fin, dice

Así es la cosa, dice

Tengo que ponerme en marcha, dice

y apaga el cigarrillo, se levanta, coge la taza y la deja en la encimera y luego coge el paquete de tabaco y sale a la entrada y allí tiene la chaqueta colgada del gancho y se la pone y se mete el paquete de tabaco en el bolsillo y la gorra la tiene sobre el estante y se pone también la gorra, y primero tendrá que pasarse por el retrete, a ver si hace de vientre, aunque tampoco es que tenga mucha necesidad, piensa Johannes, quizá debería pasarse primero por el almacén, piensa, hace tiempo que no se pasa por allí, pues sí, mira, eso va a hacer, ver cómo andan las cosas por allí, piensa, y cruza el patio hasta el almacén y abre la puerta y allí, en un rincón, está su vieja bicicleta y vaya por Dios ¿no está pinchada una de las ruedas? pues sí que lo está, piensa, mira qué mala pata, piensa, pues entonces no le va a quedar más remedio que ir al oeste de la Ensenada, y la bicicleta será mejor que la arregle por la tarde, y así tiene otra cosa que hacer, piensa, y sale del almacén y se queda parado al otro lado de la puerta y de pronto se siente tan, bueno ¿cómo decirlo? se siente casi como si una voz le dijera que tiene que volver, vuelve a entrar, Johannes, míralo todo bien, parece decirle la voz, y Johannes no entiende nada y piensa que tiene que obedecer a esa voz, así que tendrá que volver a entrar a ver si está todo en orden, pero ¿eso por qué? piensa Johannes ¿por qué demonios tiene la sensación de que tiene que volver a entrar en el almacén? nunca había sentido nada parecido ¿será que pasa algo ahí adentro? piensa Johannes, y piensa que ya no se comprende a sí mismo, pero habrá que volver a entrar, piensa, y entra de nuevo y se queda mirando la bicicleta, los dos barreños, las borriquetas, y en la pared cuelgan los rastrillos y las palas, y es como si cada cosa tuviera su peso en sí misma, y como si se dijera a sí misma y además dijera todo aquello que se ha hecho con ella, y está todo viejo, como él, y todo descansa en su propio peso y con un sosiego en el que nunca se había fijado, pero ¿qué le pasa? ¿qué hace aquí parado, mirando los trastos del almacén? ¿qué sentido tiene pararse a pensar estos pensamientos tan absurdos? piensa Johannes, pero cada cosa, eso sí que lo ve, está cargada de todo aquello que se ha hecho con ella y al mismo tiempo está ligera, increíblemente liviana, piensa Johannes, basta con pensar en todas las veces que Erna usó esos barreños, cuántas coladas no haría en esos barreños antes de tener su lavadora, pues unas cuantas, y ahora Erna ya no está, mientras que los barreños siguen aquí, así es la cosa, las personas desaparecen mientras que las cosas permanecen, y arriba, en la troje, hay muchas cosas que él ha ido acumulando con el paso de los años, todo tipo de aparejos de pesca y todo tipo de herramientas, así que será mejor que se pase por allí también, piensa Johannes, y tiene la sensación de que hoy podrá subir la escalera sin dificultad, dado lo ágil y ligero de cuerpo que se siente hoy desde que se levantó, como un muchacho, piensa Johannes, y empieza a subir la empinada escalera, casi una escalera de mano es la escalera de la troje, y sube la escalera como si nada, y luego hay una trampilla que se abre haciendo presión y hasta eso lo hará hoy como si nada, piensa Johannes, y levanta un brazo y empuja y la trampilla se levanta con la facilidad de aquello que carece de peso, con una facilidad inusitada se levanta la trampilla, con tanta facilidad que casi resulta increíble, piensa Johannes, y sube a la troje y mira a su alrededor y todo lo que ve está como dorado, pues así nunca lo había visto él, piensa Johannes, y todo esto es muy extraño, ahí están todas sus herramientas, cada una en su sitio, casi todas viejas y muy usadas, y ahora resulta que cada cosa está en su sitio con un brillo dorado, qué cosas, piensa Johannes, y se queda ahí parado mirando y entonces piensa que de alguna manera todo es lo que es, y a la vez está todo distinto, todas las cosas son cosas corrientes, pero es como si hubieran adquirido una dignidad y un brillo dorado, un peso, como si pesaran mucho más que ellas mismas y al mismo tiempo carecieran de peso, piensa Johannes ¿y eso le gusta? pues no, tampoco puede decir que le guste, porque está claro que el almacén y la troje están como han estado siempre, solo que él los ve y los experimenta de otra manera, y eso no le gusta nada, piensa Johannes, así que será mejor que se baje de la troje, aunque en el fondo sí que le gusta pararse a mirar las cosas que parecen a la vez más pesadas y más ligeras de lo que son, es como si las cosas se hubieran cargado del peso de todo aquello que se ha hecho con ellas, de todo ese trabajo, y al mismo tiempo es como si carecieran de peso, es como si estuvieran inmóviles y al mismo tiempo flotaran, en fin, será mejor que se baje de la troje, piensa Johannes, está hecho un viejo loco, mira que quedarse aquí parado pensando estas cosas, mirando los objetos más corrientes como si no estuvieran ahí, piensa Johannes, por mucho que le guste mirarlos, piensa, no puede quedarse aquí parado, piensa Johannes, y se vuelve y se acerca a la escalera de la troje y agarra el tirador de la trampilla y empieza a bajar la empinada escalera de la troje mientras agarra con fuerza el tirador de la trampilla, y se para en medio de la escalera con la cabeza por encima del suelo, y con la trampilla descansando sobre su cabeza se queda mirando las cosas que están ahí en la troje y ahora es como si una llovizna de luz se hubiera posado sobre ellas y las hubiera transformado y tiene que bajar ya de una vez, piensa Johannes, y baja otro par de peldaños y por encima de su cabeza la trampilla se encaja en su sitio y él baja y va hacia la puerta y no se vuelve al cerrarla tras de sí, sencillamente sale, y ahora sí que tiene que pasarse por el retrete, piensa Johannes, antes de ir al oeste de la Ensenada, pero ¿realmente tiene que ir? tampoco será imprescindible ¿no? piensa Johannes, igual puede ir directamente a darse una vuelta por el oeste de la Ensenada, a ver cómo está la barca que tiene ahí atracada, la vieja barca de remo a la que le tiene tanto cariño, piensa, y como tampoco hace mal tiempo, igual puede salir a dar una vuelta por el mar, y no es que piense adentrarse mucho, en ningún caso irá hacia el oeste del mar, pero al menos podría remar un poco a lo largo de la costa, aunque pescar sí que no quiere, eso lo dejó el día que no logró hundir el señuelo en el agua pese a todos sus esfuerzos, ese día decidió que él ya había pescado lo suficiente, y si hay que pescar más que lo hagan otros, él ya ha pescado lo suyo, piensa Johannes, y echa a andar por el camino, porque por el oeste de la Ensenada al menos sí que puede caminar, piensa Johannes, y quizá incluso se encuentre con alguien con quien charlar un rato, piensa, y mira hacia la casa de Peter y también la encuentra distinta, no cree haberla visto nunca así, está también como más pesada, como si se aferrara al suelo, y a la vez parece muy ligera, como si estuviera a punto de alzar el vuelo hacia cielo abierto, pero en ese caso volaría apaciblemente, como si no tuviera nada de raro que volara, y las ventanas de la casa de Peter parecen mirarlo plácidamente, como si fueran personas, viejas conocidas, y en el fondo lo son, porque no son pocas las veces que Johannes ha ido a casa de Peter, piensa Johannes, cada dos por tres iba desde que Erna y él y los cinco hijos que tenían en aquel momento consiguieron comprarse la casita en la que vivieron a partir de entonces y se mudaron a ella, porque no podían seguir viviendo en el Islote, quedaba muy lejos de la gente y él tampoco se llevaba muy bien con su padre Olai, y luego tuvieron otros dos hijos, Signe y el pequeño Olai, en fin, al final tuvo que ponerle el nombre de su padre a uno de sus hijos, piensa Johannes, siete hijos criaron Erna y él, y les salieron buenos, todos ellos, y la hija pequeña, Signe, lo visita casi a diario, se pasa por su casa cuando va a hacer la compra, y además lo llama cada dos por tres, pues sí, así es la cosa, piensa Johannes, todavía mirando la casa de Peter, y fíjate que Peter y él se cortaron el pelo el uno al otro durante un montón de años, y hay que ver el dinero que se ahorraron con eso, además de que se ayudaban el uno al otro a estar presentables, pero ahora, desde que murió Peter, en fin, fue una lástima que Peter se fuera, piensa Johannes, y ahora él tendrá que seguir su camino, piensa, por la cuesta arriba, y una vez remontada la cuesta podrá ver la casa de Signe, la casa en la que vive Signe con su marido Leif y sus tres hijos, pues sí, Signe, la pequeña, acabó siendo su mejor apoyo en la vejez, cosa que tampoco era del todo imprevisible, porque Signe y padre Johannes, como le llama ella, siempre se han llevado muy bien, siempre se han entendido, por lo que sea, y también el resto de sus hijos viven en la isla, pero aun así Signe fue la única que se quedó a vivir tan cerca como para que puedan visitarse a pie, piensa Johannes, mientras remonta la cuesta y piensa que es como si todo estuviera cambiado, las cosas y las casas tienen otro aspecto, están más pesadas y más ligeras, como si en las casas hubiera más tierra y más cielo, pues sí, casi es eso, piensa Johannes, y llega a la cima de la cuesta y allí, en esa colina de allí, está la casa de Signe, blanca y bonita es la casa, y Signe se ha apañado bien en la vida, se ha construido una casa y un hogar, tiene un marido y unos hijos, y buena ha sido siempre, ella nunca ha dado problemas, ninguno, piensa Johannes ¿y quizá podría pasarse por casa de Signe? porque el marido Leif se habrá ido ya a trabajar, seguro, piensa Johannes, y se para y se saca el reloj del bolsillo del pantalón y ve que son y cuarto, pues eso es que hoy ha salido muy temprano, es una lástima, la verdad, que no consiga dormir un poco más, pero así ha sido siempre, siempre se ha despertado temprano y en tiempos mucho más temprano que ahora, solo que luego siempre estaba muy cansado por la noche, claro, piensa Johannes, aunque es una pena que haya salido tan temprano, si hubiera salido una hora más tarde podría haberse pasado por casa de Signe y seguro que habrían echado un café y habrían charlado un poco sobre todo y nada, pero tan temprano Signe no estará ni levantada, bueno, levantada sí estará, porque su marido sale temprano a trabajar, así que levantada estará, pero los chicos seguirán dormidos, y Signe está muy atareada por las mañanas, así que será mejor que primero se dé una vuelta por el oeste de la Ensenada y le eche un ojo a la barca, quizá incluso pueda salir a remar un poco, porque tampoco hace mal tiempo, piensa Johannes, aunque seguro que no tarda en nublarse de nuevo, enseguida se pondrá a llover y se levantará viento, piensa Johannes, y avanza por el llano y pronto cogerá a la derecha y bajará a la Ensenada y le echará un ojo a la barca y quizá reme un poco a lo largo de la costa, aunque a mar abierto no saldrá, no irá hacia al oeste, eso no, piensa Johannes, y avanza por el camino casi cubierto de maleza que desciende hacia la Ensenada, donde están atracados su barca y el barco de Peter y el de Leif y unos cuantos más y se detiene y mira los cobertizos del muelle y algo le dice que también los cobertizos están cambiados y Johannes se queda parado, cierra los ojos ¿qué es lo que ha pasado? porque todo lo que ve está como cambiado, ahora está viendo los cobertizos del muelle, y también los cobertizos están pesados y al mismo tiempo extrañamente ligeros, pero ¿qué le estará pasando? piensa Johannes, en fin, eso nunca lo sabrá, piensa, y seguro que todo esto no son más que imaginaciones suyas, también lo de que los cobertizos tienen otro aspecto, porque la verdad es que no puede señalar nada concreto que haya pasado, y si algo ha cambiado, será más bien porque haya cambiado algo en su interior, pero ¿podría ser también algo externo a él? ¿es posible que haya ocurrido algo, aunque no sea nada importante, sino más bien algo muy modesto, ahí afuera en el mundo, que le provoque esta sensación de que está todo distinto? porque él está como siempre ¿no? ¿o no lo está? la verdad es que esta mañana al despertar se sentía extrañamente liviano de cuerpo, y la escalera de la troje la ha subido como si fuera un niño, pero el camino que baja hacia los cobertizos del muelle es el mismo camino cubierto de maleza de siempre, y las peñas alrededor están como siempre, y el brezo es el mismo, y por la mañana en casa también estaba todo como siempre, se lio un cigarrillo como de costumbre y se preparó un café y una rebanada de pan con queso de cabra, la mañana había sido igual que todas las anteriores, solo que antes era todo mucho mejor, cuando vivía Erna, por no decir cuando vivía Peter, ahora las mañanas eran más bien desangeladas, la casa siempre había sido fría y húmeda, es una casa vieja y tiene mucha corriente, y hoy el pan estaba más duro de la cuenta, pero él no es de los que se compran un pan nuevo antes de acabarse el viejo, eso sí que no, nunca fue manirroto, en absoluto, él era austero por necesidad, de lo contrario ¿cómo habrían sobrevivido Erna y él y los siete niños? porque no es que él lograra traer gran cosa a casa, a pesar de que faenaba día y noche, las pocas veces que la pesca era buena ganaba algo de dinero, pero cuando la pesca fallaba, y fallaba a menudo, pasaban aprietos, y si el tendero Steine no hubiera tenido la amabilidad de permitir a Erna comprar a crédito en esos casos, quién sabe lo que habría sido de ellos, y si no hubieran sido autosuficientes con la pesca, las cosas se habrían puesto muy negras, pero él siempre conseguía pescar lo suficiente para su propio consumo, así que hambre no pasaban, y sed tampoco, porque agua sí que había y era gratis, y ropa, ropa tenían los niños, y también zapatos, aunque la ropa no fuera siempre muy buena, la iban heredando los unos de los otros, claro, y con el tiempo se iba llenando de parches y remiendos, y también los zapatos los heredaban los unos de los otros, y Jakop el Zapatero los arreglaba y los remendaba por nada y menos siempre que fuera posible, pues sí, Jakop el Zapatero era un buen hombre y además era muy creyente, un hombre de fe firme, desde luego, solo que él creía en lo suyo y dejaba que los demás creyeran en lo que les diera la gana, el Dios en el que creía él estaba muy lejos de este mundo cruel, decía Jakop el Zapatero, porque ¿quién podía creerse que hubiera un dios bueno, omnipotente y omnisciente que gobernara este mundo? decía, no, su Dios y el dios de todo aquel que entendiera la verdad no era un Dios de este mundo, aunque Él también estuviera aquí, eran otros dioses, otro dios, el que gobernaba esto, decía Jakop el Zapatero, y en eso debía de tener razón, piensa Johannes, en eso estaba él de acuerdo con Jakop el Zapatero, aunque por eso mismo los demás consideraran a Jakop el Zapatero poco menos que un pagano, pero ¿qué más daría eso? piensa Johannes, Jakop el Zapatero era bueno y amable y cobraba nada y menos por el trabajo que hacía, un buen hombre, eso es lo que era Jakop el Zapatero, que vivía en su casita ahí en la curva, pero también él se había ido ya, pronto no quedaría nadie por aquí de su edad, piensa Johannes, de lo contrario le habría gustado pararse a charlar un rato con Jakop el Zapatero, más de una vez les echó un cable, incluso les prestó dinero una vez que se vieron realmente apurados, y se lo devolvieron todo, hasta el último céntimo, incluso intereses quiso pagarle Johannes, pero Jakop el Zapatero no estaba dispuesto a ejercer la usura, lo dejó muy claro, así que no permitió que Johannes le devolviera ni más ni menos de lo que le había prestado, Jakop el Zapatero era un buen hombre, piensa Johannes, en fin, que habían salido adelante, y en sí mismo Johannes no gastaba gran cosa, solo para tabaco, que era necesario, y cuando había para café, era también preferible que hubiera café en la casa, y ahora que cobraba la pensión no le faltaban nunca ni el café ni el tabaco y hoy mismo le había sabido bien el café, esta mañana como todas las demás, de modo que visto así estaba todo como siempre, y lo estaba, solo que al mismo tiempo era como si todo estuviera cambiado, pero ¿realmente estaba cambiado? piensa Johannes mientras mira el cielo por encima de su cabeza, pero también el cielo está como siempre, tan gris esta mañana como la mayoría de las demás. Seguramente está todo como siempre, piensa Johannes. Y él es el mismo viejo de siempre, viejo, sí, de eso no cabe duda, pero sano y fuerte, y esta mañana se sentía tan ágil como un niño, pero ¿no tiene una mano algo entumecida, como si se le estuviera durmiendo? ¿no es así? piensa Johannes, y levanta el brazo y a duras penas consigue levantarlo y entonces mira sus dedos largos y ajados y ve que alrededor de las uñas los dedos se le están poniendo azules

Uy, no, pero ¿esto qué es? dice Johannes

Qué cosa tan rara, dice

y prueba a sacudir la mano y no sirve de nada ¿y de qué iba a servir? piensa Johannes ¿y no tiene también la cara un poco adormilada? pues la verdad es que sí, piensa Johannes, con lo sano que ha estado él toda la vida, pero seguro que esto tampoco son más que imaginaciones suyas, será mejor que salga un rato con la barca, que intente pescar como antaño, pues claro que sí, eso hará, no va a dejarse amedrentar por ese señuelo que aquel día se negó a hundirse, y como consiga pescar algo igual cruza a la ciudad y atraca allí y trata de vender el pescado, pues mira, sí, eso hará, piensa Johannes, y que sea lo que Dios quiera con eso de que en realidad había decidido dejar la pesca, porque ¿acaso tenía Johannes otra cosa que hacer esta mañana que salir con la barca? ¿qué iba a hacer si no? ¿Acaso no le pasaba lo mismo ayer y antes de ayer? ¿No eran así todas las mañanas? ¿O es que no salía él con la barca cada mañana, o casi todas las mañanas que el tiempo lo permitía? Por supuesto que sí, así era la cosa, y eso que a él nunca le habían gustado gran cosa las mañanas, la casa siempre estaba tan fría y húmeda por las mañanas y aunque la mayoría de los días eran fríos y grises, nunca eran tan fríos y grises como por la mañana, y el cielo estaba siempre más cargado por la mañana, pues sí, eso le parecía a él, aunque también hubiera mañanas de verano despejadas y tempraneras, claro, de cielo intenso y azul, y a veces la luz del cielo incluso amanecía suave y liviana, qué duda cabe, solo que él nunca la veía así, y a menudo se había preguntado por qué las mañanas siempre le parecían frías y grises, ya fueran suaves y luminosas o fueran sombrías, incluso negras, o terriblemente frías. A él nunca le gustaron las mañanas, tan poco le gustaban que de toda la vida lo primero que sentía al despertar eran arcadas, un apretón en el vientre de algo que trataba de salir y de hecho salía, más que nada aire y saliva, aunque a veces también otras cosas, en ocasiones incluso vomitaba en el orinal, y eso le pasaba desde que tenía memoria, despertarse, levantarse, sentir arcadas. Aunque a partir de ahí la cosa mejoraba, una vez que sacaba las arcadas. Se sentía mejor. Y podía empezar el día, solo que hoy no había tenido arcadas, y eso que había tenido arcadas a diario desde que murió Erna. ¿Sería entonces que la mañana de hoy sí que había sido distinta? ¿Y de verdad había desayunado? ¿O solo había pensado en hacerlo? ¿En prepararse un café y una rebanada de pan con queso de cabra? No, probablemente desayunó, se debió de tomar su rebanada de pan, se bebería su café e incluso se fumaría unos cuantos cigarros, piensa Johannes, sí, seguro que sí, piensa Johannes mientras baja por el camino cubierto de maleza que conduce hasta la Ensenada. Y ahora saldrá un rato al mar, y estando el mar tan tranquilo como está, y se detiene y contempla el agua haciéndose sombra con la mano sobre los ojos ¿podrá aventurarse a coger rumbo hacia el oeste? aunque es una lástima que tuviera la torpeza de agenciarse una barquita de remo, fue una verdadera desgracia que su barco se fuera a pique, una noche de tormenta y ventisca se soltó y se estrelló contra el cabo y se fue a pique cargada hasta arriba de redes y palangres y otros aparejos de pesca, qué gran pérdida, piensa Johannes, pero estando hoy el tiempo como está, seguramente pueda aventurarse a coger rumbo hacia el oeste incluso en la barca de remo, seguramente pueda, piensa Johannes mientras baja hacia la Ensenada y ahí ¿no es Peter el que está ahí abajo en la orilla? pues sí que es Peter, tendrá que pararse a charlar un rato con él, seguro que está a punto de salir para recoger las nasas de cangrejos, piensa Johannes

Anda, ya andas por aquí otra vez, Peter, grita Johannes

y Peter se vuelve y mira a Johannes con los ojos medio cerrados

Ah, ya me lo figuraba yo, mira quién aparece por aquí, dice Peter

Vas a recoger las nasas de cangrejos ¿verdad? dice Johannes

Qué remedio, dice Peter

¿Cómo te fue ayer la captura? dice Johannes

Ayer estuvo espléndida, dice Peter

¿Espléndida? dice Johannes

Sí, ayer tendrías que haber venido, Johannes, dice Peter

Tendrías que haber estado allí, dice

Porque ayer, nunca he cogido yo tantos cangrejos, dice

Y repletitos de carne venían además los cangrejos, dice

Y conseguí venderlos, absolutamente todos, dice

y Peter se palpa el bolsillo del pecho del mono

Yo creo que hoy cogeré fletán, dice Johannes

¿Has puesto palangres? dice Peter

No, los cojo con sedal, dice Johannes

No me digas, dice Peter

Pues sí, dice Johannes

Bueno, Johannes, es que tú siempre fuiste muy hombre, dice Peter y Johannes se para en seco y mira con atención la orilla en la que hasta hace un momento estaba Peter con su mono viejo y ajado, y baja hasta la orilla a toda prisa y fíjate que incluso puede oler el humo de la pipa de Peter, pero ¿dónde está Peter? piensa Johannes, y olisquea una y otra vez el aire salado del mar y el humo de la pipa de Peter y acaba de hablar con Peter y Peter le ha dicho como siempre que ayer cogió muchos cangrejos y que por eso ahora tiene dinero y que Johannes no se atreva a llevarle la contraria, pero ¿y ahora? ¿dónde se ha metido Peter? ¿dónde demonios se habrá metido? piensa Johannes, y no lo entiende, porque ¿no estaba Peter aquí hace un momento, más o menos donde está ahora Johannes, contándole que ayer había cogido muchos cangrejos y que además eran muy buenos? pero ahora Peter no está y también se ha esfumado su barco de gablete, por ningún lado ve Johannes el barco de Peter, por ningún lado, pero hace un momento Peter estaba aquí, pero si incluso han estado charlando, va a tener que darse una vuelta por el muelle a ver si encuentra la amarra del barco de Peter, solo que la boya, la boya a la que amarra Peter su barco de gablete, tampoco la ve por ninguna lado, pero ¿qué está pasando aquí? es casi como para asustarse, piensa Johannes ¿se habrá imaginado que hablaba con Peter? no, desde luego que no, tan cierto es que ha hablado con Peter hace un momento como que él se llama Johannes. Ese asunto está zanjado, piensa Johannes. Hace un momento estuvo charlando con Peter, piensa. Pero ¿qué está pasando? Es como si todo estuviera cambiado y al mismo tiempo estuviera como siempre, todo está como antes y todo está distinto, piensa Johannes.

Pero ¿dónde se ha metido Peter? ¿Le estará tomando el pelo? ¿Y qué sentido tendría eso? No, tiene que sobreponerse y llamar a Peter, pero ¿puede un pobre viejo como él ponerse a llamar a Peter a grito pelado? No, pero ¿dónde se habrá metido Peter?

Peter, Peter, grita Johannes

y escudriña el mar

Peter, grita de nuevo

y entonces Johannes oye una voz que dice que ya va siendo hora de que se decida y la voz es la de Peter, pero ¿de qué demonios habla? Johannes no entiende nada, nada de nada, piensa, y se vuelve, y ahí abajo en la orilla está Peter, igual que antes, como si nada hubiera pasado, y Johannes piensa que seguramente Peter le está tomando el pelo y ahora él tendrá que devolvérsela y Johannes baja y ve a Peter parado mirando hacia el oeste del mar y Johannes se pregunta qué hacer, de alguna manera tendrá que despertar a Peter y sacarlo de aquello en lo que esté ensimismado, el pobre viejo está ahí mirando y mirando hacia el oeste del mar ¿quizá podría coger una piedrecilla y tirársela? pues mira, sí, eso es lo que va a hacer, piensa Johannes, y se agacha con cuidado para que Peter no lo oiga y encuentra una piedrecilla menuda y se incorpora con cuidado, levanta la piedra bien por encima de su cabeza y luego la lanza con suavidad y formando una bonita trayectoria y la piedra cae y la piedra alcanza a Peter en la espalda, pero, habrase visto, habrase visto cosa igual, la piedra atraviesa como si nada la espalda de Peter y rebota contra una gran piedra de la orilla y salta sobre la superficie del agua, habrase visto, pero ¿esto qué es? piensa Johannes, y se frota los ojos y siente que lo invade algo que o bien es enfado o bien es miedo y coge una piedra mucho más grande y la levanta por encima de su cabeza y la lanza con todas sus fuerzas contra la espalda de Peter y la piedra, pero qué cosas, la piedra atraviesa la espalda de Peter como si nada y sigue un buen trecho por encima del agua antes de alcanzar la superficie y provocar un chapoteo. Pero esto, piensa Johannes. Pero esto.

Oye, Peter, dice Johannes

Oye, Peter, pero ¿cómo estás, Peter? dice

y Johannes oye que suena bastante absurdo lo que dice y Peter se vuelve hacia Johannes y viene andando a su encuentro

Bueno, sigo igual, dice Peter

Sigo igual, la verdad, dice

No me pasa gran cosa, pero la verdad es que a mí nunca me han pasado grandes cosas, dice

y Peter se sienta en una piedra junto a Johannes y se queda ahí mirando hacia el oeste del mar y luego se saca la pipa del bolsillo del pecho del mono y saca una cajita de cerillas y se enciende la pipa y Johannes nota el agradable olor del tabaco fuerte mezclarse con el olor salado del mar y piensa que él también podría liarse un cigarrillo y se saca el paquete de tabaco del bolsillo de la chaqueta

Así que te apetece un cigarrillo, Johannes, dice Peter

y Johannes empieza a liarse un cigarrillo

Pues sí, es lo suyo, dice Johannes

Sí, un descansillo en tierra, dice Peter

Sí, dice Johannes

y se palpa el bolsillo y no encuentra las cerillas, así que tendrá que pedirle fuego a Peter

Oye, Peter, creo que me he dejado las cerillas en casa ¿me das fuego? dice

Por supuesto, dice Peter

y Peter saca su cajita de cerillas y se la pasa a Johannes y Johannes se enciende el cigarrillo y luego se quedan ahí sentados, Johannes y Peter, fumando y mirando hacia el oeste del mar, y Johannes piensa que ha sido rarísimo eso de las dos piedras que ha lanzado, eso de que atravesaran a Peter como si nada, pero es que eso es imposible, tiene que haber sido una alucinación, porque no puede ser, piensa Johannes, y luego piensa que podría pedir permiso a Peter para tocarlo, uy, no, eso sería demasiado, piensa Johannes, y luego piensa que será mejor que toque el hombro de Peter como de pasada, eso sí que se puede hacer, piensa Johannes

Pronto debería cortarme el pelo, dice Peter

Puede que tengas razón, dice Johannes

y entonces se fija en lo largo y canoso que tiene Peter el pelo, ralo y fino lo tiene, y le llega hasta los hombros, madre mía, hay que ver lo largo que tiene Peter el pelo, piensa Johannes ¿cómo es que no me he pasado antes por su casa para cortárselo?

Nos hemos ahorrado un montón de dinero cortándonos el pelo el uno al otro, dice Peter

Eso es innegable, dice Johannes

Pero ahora te hace mucha falta un corte de pelo, dice

Lo tienes muy largo, te llega hasta los hombros, dice

Así es, dice Peter

Voy a tener que cortártelo, dice Johannes

Supongo que sí, dice Peter

y Johannes ve a Peter sacarse la vieja pipa de la boca

Llevamos ya muchos años cortándonos el pelo el uno al otro, dice Johannes

Estoy echando cuentas, dice Johannes, y fíjate que creo que

Pues serán cerca de cuarenta años, dice Peter

Más, creo que ya van para cincuenta, dice Johannes

y mira a Peter y su melena, nunca ha tenido Peter el pelo tan largo y tan blanco, le llega hasta los hombros y le cae por la espalda y hacia atrás siempre lo ha llevado Peter, piensa Johannes, siempre se ha peinado hacia atrás, piensa Johannes, pero es que ahora le llega hasta los hombros, de verdad que ha llegado el momento de cortárselo, piensa Johannes

Sí que te hace falta un corte de pelo, sí, dice Johannes

Es que te llega hasta los hombros, dice

Pues sí que hace tiempo que no te lo corto, dice

En fin, tendré que pasarme por tu casa a cortártelo, dice Johannes

Sí, supongo, dice Peter

Quizá podría pasarme esta misma tarde, dice Johannes

Sí, pásate, dice Peter

Pero primero tengo que salir a recoger las nasas, dice

Sí, tendrás que hacerlo, dice Johannes

Qué remedio, dice Peter

Últimamente haces buenas capturas, dice Johannes

Sí, buenísimas, dice Peter

Casi no recuerdo haber cogido nunca tantos cangrejos, dice

Muchos cangrejos, y repletitos de carne, dice

No me digas, dice Johannes

Y encima lo vendo todo, dice Peter

Según arribo en la ciudad, ya estoy rodeado de gente, y la que más interés tiene es la vieja señorita Pettersen, dice

y mira a Johannes con una sonrisa, como si quisiera recordarle algo, y Johannes se estremece y mira a Peter con ojos de susto

¿La vieja señorita Pettersen? dice Johannes

Sí, viene todos los días, apenas atraco, ya está ella allí, dice Peter

Me estás tomando el pelo, dice Johannes

¿Tomando el pelo? dice Peter

Para nada, dice

La vieja señorita Pettersen, ya sabes, la vieja señorita Pettersen, dice

y Peter hace una larga pausa, y luego vuelve a mirar a Johannes

Te acordarás de ella, digo yo, dice Peter

Sí que la recuerdo, dice Johannes

y Johannes baja la mirada y piensa que tiene que decir algo al respecto, no puede callarse y dejar que Peter siga hablando de la vieja señorita Pettersen y todos los cangrejos que le compra, sería una vergüenza, porque la vieja señorita Pettersen murió el año pasado, o quizá fuera el anterior, en cualquier caso se marchó

En fin, tendré que ponerme manos a la obra, dice Peter

y se levanta. Y Johannes se queda sentado mirando a Peter, que se para y se vuelve hacia Johannes

¿Has hablado últimamente con Jakop el Zapatero? dice Peter

No, hace ya tiempo que no, dice Johannes

Pensaba pasarme por su casa esta tarde, dice Peter

Necesitas que te repare algo, dice Johannes

Sí, dice Peter

y levanta un pie y muestra su bota

Se me ha hecho un buen desgarro aquí en el costado, dice

y Peter señala un desgarrón en un costado

Bueno, eso te lo arregla Jakop el Zapatero en un momentito, dice Johannes

Eso seguro, dice Peter

Jakop el Zapatero es un buen hombre, dice

Sí, es un buen hombre, dice Johannes

Quizá te apetezca salir conmigo, tampoco te correrá tanta prisa recoger las redes ¿no? dice Peter

Sí, puede ser, dice Johannes

y piensa que Peter parece creer que va a recoger redes, pero no es el caso, él no ha dicho nada de redes, piensa Johannes

Sí, vente, primero sacamos las nasas y luego vamos a la ciudad y atracamos allí, dice Peter

Puede ser, puede ser, dice Johannes

Y así vuelves a ver a la vieja señorita Pettersen, dice Peter

y a Johannes le parece descubrir una expresión burlona en los ojos de Peter y piensa que Peter se está pasando un poco, hará al menos un año que murió la vieja señorita Pettersen y ponerse a hablar de ella como si estuviera viva es una falta de respeto, piensa Johannes, y se levanta

Venga, vamos, dice Peter

Bueno, pues me voy contigo, dice Johannes

y Peter y Johannes echan a andar por la orilla y Johannes piensa que Peter a duras penas es capaz de andar, es como si flotara hacia delante y a la vez se tambaleara un poco de lado a lado, cada vez que mueve los pies da la impresión de que se va a caer y hay que ver lo delgado que se ha quedado, y qué largo y canoso tiene el pelo, buena falta le hace un corte, piensa Johannes, y salen al muelle y Peter empieza a tirar de su barco de gablete y Johannes piensa que tiene su riesgo salir al mar con el viento que hace hoy, piensa Johannes, y mira que es raro que piense eso, habiendo sido él pescador toda la vida ¿ahora se resiste a salir al mar? ¿qué le estará pasando? hoy no es un día como otro cualquiera, hay algo raro en el día de hoy, algo que no tienen los demás días, piensa Johannes, y de pronto se estremece, porque tiene delante a Peter y está vivito y coleando, pero ¿Peter no murió? ¿no murió hace mucho tiempo? sí que murió ¿no? pero ¿no está Peter ahí tirando de su barco de gablete? eso lo está viendo Johannes con sus propios ojos, así que está claro que Peter está vivo, qué duda cabe, pero entonces ¿cómo es que piensa que Peter murió? piensa Johannes, y sacude la cabeza y piensa que debería preguntarle a Peter si está vivo o muerto, solo que no se podrá ¿no? sería de mala educación, esas cosas no se preguntan, todo tiene un límite, piensa Johannes, figúrate, preguntarle algo así a un hombre, eso no se hace, piensa Johannes, y no entiende cómo ha podido pensar que Peter estaba muerto, porque ¿acaso no lo tiene delante, vivito y coleando? claro que sí, piensa Johannes, y ve a Peter subir a bordo del barco de gablete

Bueno, tendrás que montarte tú también, dice Peter

Pues sí, tendré que hacerlo, dice Johannes

y Johannes pone un pie en la borda, y está rígido y entumecido

Mira que estás viejo, dice Peter

Hay que ver cómo estás, este Johannes, este Johannes, dice Peter

Ya, ya, dice Johannes

y ahora tiene que procurar no caerse al agua, piensa Johannes, estaría bueno, solo recuerda haberse caído al agua una vez, piensa Johannes

No te vayas a caer al agua, recuerda que no sabes nadar, dice Peter

y aquella vez, piensa Johannes, no se mató de milagro, pero al final consiguieron subirlo a bordo

No sería la primera vez que te saco del agua, dice Peter

en el último momento, y a esas alturas estaba casi congelado

Aquella vez salvaste la vida de milagro, dice Peter

y tampoco es que Johannes recuerde exactamente cómo pasó, pero sí recuerda que se cayó al mar y que estaba muy oscuro y que además había ventisca, eso lo recuerda, claro, estaba recogiendo un palangre y tenía los dedos entumecidos, apenas podía doblarlos, tenía las manoplas empapadas de agua fría, claro, y entonces el palangre, el maldito palangre, se enganchó en algo ahí abajo en el fondo y tuvo que tirar con todas sus fuerzas, tuvo que darlo todo, se echó hacia atrás y dio un tirón y como si la cosa tuviera gracia el palangre se soltó de lo que fuera que lo tenía enganchado y él cayó hacia atrás y de espaldas al mar helado, ay, no, no debe pensar en eso, es que se cayó de espaldas a un mar helado, en oscuridad total, con la nieve azotando y el viento aullando, fue horrible

No pienses en eso, dice Peter

No, dice Johannes

Es que fue horrible, dice Peter

Lo fue, dice Johannes

y piensa que en el momento en que cayó al agua pensó en Erna y en los chicos, en cada uno de ellos pensó ¿cómo se las iban a apañar ahora? ahora que él se hundía hasta el fondo para quedarse ahí, eso pensó, piensa Johannes, pero por suerte aquel día no iba solo en el barco, porque por alguna razón que ya no recuerda Peter había salido con él, por lo general salía solo, pero aquel día estaba Peter allí y lo pescó por el impermeable ¿no usó un garfio? sí, eso es, Peter lo enganchó con el garfio como a un pez cualquiera y si alguien lo pusiera en duda Johannes podría demostrarlo ¿acaso no tiene aún la cicatriz en el hombro? bien visible es la cicatriz, piensa Johannes

Fíjate, tuve que echarte el garfio, como a un pez cualquiera, dice Peter

Tuviste que hacerlo, dice Johannes

Y si no hubieras tenido un garfio tan largo, no sé qué habría pasado, dice Peter

Pero ¿por qué te habías venido conmigo justamente ese día? dice Johannes

¿No te acuerdas? dice Peter

No, dice Johannes

Es que íbamos a ¿de verdad que no te acuerdas? dice Peter

y Johannes se lo piensa y se lo piensa y madre mía, Peter tiene razón, ay ¿cómo podían hacer esas cosas? Peter y él iban a emborracharse a la ciudad, porque eso era lo que hacían, después de recoger los palangres y vender el pescado, se iban a la taberna del puerto a tomar cervezas hasta que recuperaban el calor del cuerpo y del alma, mientras que Erna y los niños lo esperaban en casa y apenas tenían para comer ni para vestirse, pero eso se cortó de cuajo en el mismo momento en que estuvo a punto de ahogarse y hubo que pescarlo con un garfio, piensa Johannes

A partir de entonces se acabó la bebida, dice Peter

Y que lo digas, dice Johannes

Pero sube ya a bordo, hombre, dice Peter

Sí, sí, dice Johannes

Pero no te quedes ahí parado, súbete ya, dice Peter

Sí, ya voy, dice Johannes

¿O quieres que te ayude? dice Peter

Sí, tal vez, dice Johannes

Mira que estás viejo, dice Peter

y Johannes levanta el pie y Peter lo agarra por los gemelos y le sube el pie por encima de la borda, y ahí está Johannes, con un pie en el muelle y otro sobre el barco

¿Tan malamente andas? dice Peter

y entonces Peter agarra a Johannes del brazo

No pensaba que estuvieras tan viejo y achacoso, la verdad, dice Peter

y con Peter agarrándolo del brazo, Johannes cruza el otro pie sobre la borda del barco de Peter y piensa que como ahora se desequilibre en la dirección equivocada, acabará en el fondo del mar, pero será lo que tenga que ser, tampoco tiene mayor importancia, ahora que Erna está muerta y los chicos ya hace tiempo son mayores, no sería un drama que acabara alimentando a los cangrejos, piensa Johannes, y ya está Johannes con las dos piernas firmemente asentadas en el barco

Habrase visto, dice Peter

Mira que ponerte tan malamente, Johannes, dice

Qué lástima, dice

Qué lástima que estés tan viejo, Johannes, dice Peter

Increíble, con lo fuerte que tú eras, en tus tiempos de hombría eras el más fuerte de todos, más valía no meterse contigo, la verdad, dice

Más de uno se acuerda de los golpes que le diste, dice

Ja, dice

Sobreponte, dice

y Peter le da un golpe a Johannes en la espalda

Espabila, hombre, dice

Venga, dice

y Johannes está ahí parado, asintiendo y asintiendo con la cabeza, y no piensa ni esto ni lo otro, simplemente está ahí parado, respirando con dificultad, y entonces Peter sacude la cabeza

Qué pena da envejecer, dice entonces Johannes

Ya, ya, dice Peter

y Peter va y arranca el motor con la manivela y suenan golpes y explosiones y burbujeos y luego sale mucho humo y los golpes empiezan a sonar más regulares y entonces Peter va a proa y desamarra y mete la marcha atrás y lentamente empiezan a salir de la Ensenada y Johannes se queda parado mirando los montes y las cuestas y los peñascos y las casas en tierra, y mira el muelle y su propia barca de remo que está ahí amarrada a una boya y con fijación a tierra, y mira los

cobertizos de las barcas y ve las casas y los hogares a lo largo del camino y le invade un hondo sentir por todo aquello,
por el brezo, por todo, todo esto lo conoce, todo esto es su
lugar en el mundo, es suyo, todo, las cuestas, los cobertizos,
las piedras de la orilla, y entonces le embarga la sensación de
que nunca volverá a ver todo esto igual, a pesar de que per-
manecerá en su interior, como lo que él es, como un sonido,
pues sí, casi como un sonido en su interior, piensa Johannes,
y se lleva las manos a los ojos y se frota los ojos y ve que todo
desprende un brillo, el cielo a lo lejos, cada pared, cada piedra, cada barco desprende un brillo que lo alcanza, y ya no
entiende nada, porque hoy nada está como de costumbre,
algo tiene que haber ocurrido, pero ¿qué? piensa Johannes, y
qué sabrá él, porque está todo igual, lo único distinto es que
no ha salido en su propia barca, sino que se ha encontrado
con Peter y ahora lo está acompañando a recoger las nasas
de cangrejos, pero tampoco es que sea la primera vez que lo
hace ¿no? sobre todo desde que cobra la pensión y ya no tiene que pescar para vivir y pesca solo por placer, claro que no
es la primera vez que acompaña a Peter a recoger las nasas de
cangrejos, piensa Johannes, pero ¿por qué estará todo lo que
tiene ante la vista tan grande y tan nítido esta mañana gris?
no hay quien lo entienda, piensa Johannes
    Bueno, no te quedes ahí parado, dice Peter
    Siéntate ya, dice
    Ya voy, ya, dice Johannes
    y va y se sienta a la vera de Peter, que está sentado con
la caña del timón en la mano y mirando al frente con los
ojos entornados
    Ahora veremos, dice Peter

Yo diría que hoy también habrá muchos cangrejos para la vieja señorita Pettersen, dice

Pero, dice Johannes

Sí, dice Peter

¿No podríamos probar a pescar un poco con sedal? dice Johannes

¿En el Bajío Grande? dice Peter

Sí, nos pilla de camino, dice Johannes

Bueno, si quieres, dice Peter

Pues lo hacemos, dice

y Peter corrige el rumbo, hacia mar abierto, rumbo al oeste toman y ahí afuera, en la lejanía, confluyen el mar y el cielo y ante ellos no tienen más que mar y cielo, interrumpidos solo por el Escollo Grande y el Escollo Chico, sobre los que hay unas gaviotas, y Johannes ve una gaviota alzar el vuelo y perderse por el viento del cielo, madre mía, piensa, todo esto, cuántas veces lo habrá visto, cuántas veces ha ido así, rumbo al Bajío Grande, surcando las olas, rumbo al banco de peces donde más veces ha pescado

Pues tendrás que sacar un par de sedales, dice Peter

y señala una caja de aperos de pesca y Johannes se levanta y se acerca a la caja y saca dos sedales, cada uno con su señuelo, y luego vuelve a sentarse junto a Peter, que dirige la mirada hacia el viento y el cielo y en ese momento Peter corrige el rumbo, y baja la velocidad

Es que no hay que perder el rumbo, dice

y avanza despacio

El Arrecife Grande tiene que cubrir el Arrecife Chico cuando estás justo enfrente de la iglesia, dice Johannes

Esa es la posición que nos da el rumbo, dice Peter

y Johannes ve que ya están casi frente a la iglesia y una vez ahí tendrán que adentrarse un poco

Hay que adentrarse un poco, dice Johannes

Sí, ya lo veo, dice Peter

y el barco de gablete de Peter se adentra en el mar y entonces llegan a la posición correcta, están en el punto justo, y Johannes agarra el sedal y luego arroja el señuelo brillante y empieza a soltar sedal, pero qué cosas, no pesa, parece tan liviano ¿no habrá perdido el señuelo? piensa Johannes, y se asoma por encima de la borda

¿Pasa algo? dice Peter

y ahí abajo, alrededor de un metro por debajo del barco, está el señuelo, en medio del agua clara está parado, y no se ve nada por debajo del señuelo, simplemente está ahí, no se mueve, y el sedal flota sobre el agua, pero ¿esto qué es? piensa Johannes, ay, esto no hay quien lo entienda ¿habrá chocado el señuelo con algo que esté por debajo del barco? pero es que no se ve nada, solo el agua clara y transparente y luego el señuelo ahí abajo, esto no hay quien lo entienda, piensa Johannes, y se toca los ojos con una mano, se frota los ojos y vuelve a ver el señuelo ahí parado a un metro de profundidad, pues tiene que haber topado con algo, piensa Johannes, pero ¿algo que no se ve? ay, esto no se lo puede contar a Peter

¿No vas a lanzar tu señuelo? dice Johannes

y ve que Peter sacude la cabeza

Prueba tú primero, dice Peter

Si hay peces, ya lanzo yo también el mío, dice

y Johannes piensa que tiene que averiguar qué pasa, por qué el brillante señuelo no se hunde ¿no será que ha topado con algo?

¿Me pasas el bichero? dice Johannes

y Peter le pasa el bichero y Johannes sumerge el bichero hacia donde flota apaciblemente el señuelo bajo el agua y el bichero se sumerge sin dificultad al menos un metro por debajo del señuelo, ay, que me estoy asustando, piensa Johannes

¿Qué haces? dice Peter

Nada, dice Johannes

y saca el bichero del agua y se lo pasa a Peter, que lo devuelve a su sitio, y Johannes piensa que va a tener que sacar el sedal del agua y volver a intentarlo y empieza a recoger el sedal

¿Ya lo recoges? dice Peter

Sí, creo que se ha enredado un poco, dice Johannes

¿Enredado? dice Peter

y Johannes recoge el sedal y lo va dejando caer sobre el suelo del barco, y al poco aparece también el señuelo, y entonces Johannes suelta el señuelo exactamente en el mismo sitio y alrededor de un metro por debajo del barco el señuelo se vuelve a parar, Johannes lo sube un poco y lo vuelve a soltar y el señuelo se para exactamente en el mismo sitio

Pero esto, dice Johannes

¿Qué pasa? dice Peter

y Johannes no contesta, simplemente recoge el señuelo y se pasa al otro costado del barco y lo vuelve a soltar, y alrededor de un metro por debajo del barco, en el agua clara y reluciente, el señuelo se vuelve a parar y se niega a sumergirse más

Ahora sí que no entiendo nada, dice Johannes

¿Qué pasa? dice Peter

y Johannes vuelve a recoger el señuelo y se queda parado con el señuelo en la mano

Tienes que soltarlo más, ya sabes, dice Peter

Ya, ya, dice Johannes

Pero ¿no podríamos movernos un poco? ¿adentrarnos otro poco? dice Johannes

Claro que sí, dice Peter

y acelera el motor del barco y se adentran otro poco en el mar

Por aquí, en este arrecife, suele haber peces, dice Peter

Suéltalo aquí, anda, prueba, dice

y Johannes suelta el sedal, y de nuevo, de nuevo, ocurre lo mismo, alrededor de un metro por debajo del barco, en el agua clara y reluciente, el señuelo se para, y Johannes lo recoge

¿Qué te pasa? dice Peter

y Johannes se pasa al otro costado y suelta el señuelo y el señuelo se para, se queda ahí inmóvil, alrededor de un metro por debajo del barco. Mira que, piensa Johannes, mira que, piensa, y vuelve a recoger el sedal y empieza a enrollarlo

¿Ya no quieres pescar con sedal? dice Peter

No, dice Johannes

Bueno, tú verás, dice Peter

y Johannes piensa que tampoco puede decirle a Peter que el señuelo se niega a hundirse en el agua, que se detiene a un metro de profundidad y se queda ahí parado sin que haya nada que lo pare

¿Tu señuelo se niega a hundirse hasta el fondo? dice Peter

Sí, dice Johannes

y sacude la cabeza

Pues eso no está bien, dice Peter

y Johannes levanta la vista y ve lágrimas en los ojos de Peter

No está bien, no, dice Peter

Me duele oír eso, dice

El mar no te quiere, dice

y Peter se enjuga las lágrimas

En ese caso no te queda más remedio que quedarte en tierra, dice Peter

y Johannes piensa que hay que ver las cosas que dice este hombre y además ya pueden espabilar y cortarle a Peter las melenas que lleva, se le ven tan ralas y canosas, y mira que se ha quedado flaco, es casi una vergüenza lo flaco que está

Así que el mar no te quiere, dice Peter

Eso parece, dice Johannes

Pero ¿qué querrá decir eso? pregunta

y ve que Peter sacude la cabeza y entonces el barco coge rumbo a tierra y la costa del Cementerio

Tengo varias nasas a lo largo de la costa del Cementerio, dice Peter

Ya me imagino, dice Johannes

Y allí habrá cangrejos gordos y buenos, dice

Pues sí, allí hay cangrejos a porrillo, dice Peter

y el barco de gablete de Peter avanza despacio y con regalas blancas hacia la costa del Cementerio y Johannes vislumbra ya las blancas boyas de corcho de Peter a lo largo de la costa

Ahora veremos si hay cangrejos que coger, dice Johannes

Seguro que sí, dice Peter

Pero ¿cómo está Erna? dice Peter
Muy bien, gracias, dice Johannes
¿Y Marta? dice
Gracias, como siempre, dice Peter

El barco de gablete de Peter está atracado en la ciudad y él está sentado en el borde del muelle, Johannes lo ve tan quebradizo que pareciera que va a caerse a pedazos en cualquier momento, y toda esa gente que iba a venir a comprar cangrejos, pues todavía no ha aparecido, ni un solo cliente ha aparecido, y eso que deben de llevar horas aquí atracados en el muelle, y otra gente tampoco se ve, apenas recuerda haber visto la ciudad nunca tan muerta, piensa Johannes, bueno, sí que hay algún otro barco atracado, pero parecen vacíos, y Peter se dio hace un rato una vuelta por la calle Mayor y tampoco vio a nadie, dijo, y lo más raro es que las tiendas no estaban abiertas, y luego por lo visto vio algo de lo que no quiere hablar, piensa Johannes ¿qué sería? piensa Johannes, ahí sentado a popa, sujetando la bolsa de plástico que Peter ha llenado de cangrejos para la vieja señorita Pettersen, Peter le ha seleccionado los mejores cangrejos, porque ella vendrá, eso seguro, ha dicho Peter, y siempre hacía eso, seleccionaba los mejores cangrejos, los que tenían más carne, para la vieja señorita Pettersen, llevaba haciéndolo toda la vida, dijo Peter, pero ¿cuánto tiempo iban a quedarse aquí atracados? piensa Johannes, tienen el barco medio lleno de cangrejos, reptan y se arrastran por todas partes, así que la captura había sido buena, qué duda cabe, pero ahora también había que deshacerse de los cangrejos, por todo el suelo del barco reptaban y se arrastraban, y hasta ahora no había aparecido ni un solo cliente, y debían de llevar ya horas atracados ¿y cuánto tiempo iban a quedarse aquí? tampoco podían pasarse aquí las horas muertas, en algún momento habría que poder decir basta, pensaba Johannes, y llevaba ya un rato pensándolo en realidad, pero una cosa era pensarlo, y otra decírselo a Peter, que no era lo mismo, aunque algo iba a tener que decirle ya

No es que haya mucha clientela, dice Johannes

No, dice Peter

¿Por qué no vendrá nadie? dice Johannes

Buena pregunta, dice Peter

y en ese momento Johannes tiene la impresión de que Peter sabe más de lo que dice

No viene ni la vieja señorita Pettersen, dice Johannes

Pronto vendrá, dice Peter

y en ese momento Peter se levanta y se tambalea sobre el borde del muelle y levanta el brazo derecho y Johannes ve que apenas es capaz de levantar el brazo, y Peter se hace sombra con la mano sobre los ojos

Creo que viene por ahí, dice Peter

No me digas, dice Johannes

y se levanta y ve a una muchacha acercarse por el muelle y Johannes piensa que Peter debería dejarse de tonterías, porque esa muchacha no es la vieja señorita Pettersen

Sí, ya viene Anna, dice Peter

y Johannes se sube al muelle y se siente ágil y fuerte, igual que esta mañana, cuando se levantó con tanta facilidad de la cama y subió la escalera del almacén como si volviera a ser un muchacho, así de ágil y fuerte se siente, y mira el muelle, y ve que realmente es Anna Pettersen la que se acerca, y ¿ahora? ¿ahora qué le va a decir? porque resulta que Anna Pettersen no respondió a la carta que le envió, ay, esto va a ser muy incómodo, tanto para él como para ella, pero quizá podría preguntarle si quiere ir con él al café, y si quiere unos cangrejos, se los daría gratis, por supuesto, también podría preguntarle eso ¿no? pues sí, pero mira que mandarle esa carta, qué horror, piensa Johannes, porque sí que es Anna Pettersen la que viene por el muelle, y hay que ver lo guapa y elegante que viene, y lo bien que le sientan el sombrero sobre el pelo rubio y el vestido que se le amolda con soltura al cuerpo suave, de verdad que es una preciosidad

Pues si esta no está de buen ver, no sé yo, dice Peter

Y que lo digas, dice Johannes

y no le habrá contado a Peter lo de la carta que le envió ¿no? no lo habrá hecho ¿verdad? piensa Johannes, si Peter supiera, piensa

Mira que es guapa la moza, dice Peter

Sirve en casa de Aslaksen, del dueño de la fábrica, dice

Ya, ya lo sé, dice Johannes

Y por lo visto vino aquí de Dynja, dice Peter

Eso es, dice Johannes

Y consiguió colocarse en una buena casa, dice Johannes

Igual viene a comprar cangrejos para los Aslaksen, dice Peter

Puede ser, dice Johannes

Seguro que sí, dice Peter

y Johannes ve a Anna Pettersen acercarse, y luego Anna Pettersen se para en el muelle ante Peter y ahora tendrá que decir algo, piensa Johannes, por incómodo que resulte, habrá que decir algo, piensa

Buenos días, Anna Pettersen, dice Peter

Muy buenos días, dice ella

Eso, buenos días, dice Johannes

¿Vienes a comprar cangrejos para los señores? dice Peter

No, hoy libro, es domingo, dice Anna Pettersen

Sí que es domingo, sí, dice Peter

¿Te gustaría que te acompañáramos a pasear? dice Peter

Sí, podríamos pasear contigo, dice Johannes

Voy de camino a casa, pero si queréis podéis acompañarme, dice Anna Pettersen

Con mucho gusto, dice Johannes

y Johannes echa a andar por el muelle y a su lado va Anna Pettersen y unos metros por detrás viene Peter y Johannes piensa que ahora habrá que decir algo, ahora tendrá que conversar, eso dictan todas las normas, y la carta que le envió no debe ni mencionarla

Bueno, pues gracias por la carta, dice Anna Pettersen

Sí, dice Johannes

Era una bonita carta, tienes una letra preciosa, y hay que ver lo bien que te expresas, dice Anna Pettersen

Bueno, no sé yo, dice Johannes

Claro que sí, dice Anna Pettersen

y ensarta la mano en el brazo de Johannes ¿y habrase visto cosa igual? ¿no está Johannes paseando con la mismísima Anna Pettersen del brazo? y Peter se estará dando cuenta, piensa Johannes, y se vuelve y no ve a Peter por ningún lado, le habrá dado demasiada envidia, habrá sido demasiado para él, piensa Johannes, pues mejor, piensa, porque no sería lo mismo ir del brazo de Anna Pettersen, criada de los Aslaksen, tan linda y hermosa como el más lindo día del verano, si viniera Peter detrás de carabina, pero ahora es Johannes, y ningún otro, quien pasea con Anna Pettersen del brazo por el muelle de Hunstad

Hace bueno, dice Johannes

Sí, es un bonito día de verano, dice Anna Pettersen

Y tú libras, dice Johannes

Sí, hoy es mi día libre, dice Anna Pettersen

Qué grande haberme encontrado contigo, dice Johannes

Sí que ha sido una suerte, la verdad, dice Anna Pettersen

y Johannes ve un banco y se pregunta si podrá proponerle a Anna Pettersen que se sienten o si resultará impertinente y de mala educación, porque pronto llegarán a la casa del dueño de la fábrica Aslaksen, que exporta barriles de arenques a medio mundo entero

Sí que era bonita la carta que me mandaste, dice Anna Pettersen

¿Nos sentamos en ese banco? dice Johannes

No, verás, dice Anna Pettersen

Tengo que irme ya a casa, dice

y Anna Pettersen le suelta el brazo y Johannes piensa que no puede dejar que se vaya así sin más, de sopetón, algo habrá que hacer, y sin pensárselo dos veces rodea con el brazo los hombros de Anna Pettersen y con las mismas ella se desembaraza

Pero Johannes, dice Anna Pettersen

y Johannes no sabe ni qué decir ni qué no decir

Tengo que irme a casa ya, dice Anna Pettersen

y Johannes ve a Anna Pettersen mirar el callejón más cercano

Bueno, que te vaya bien, dice Johannes

Sí, a ti también, dice Anna Pettersen

pero ¿no ha sonado como si Anna Pettersen estuviera a punto de echarse a llorar? piensa Johannes, mientras la ve subir por el callejón ¿y no da la impresión de tener el vientre abultado? pues fíjate tú que sí que lo tiene abultado, piensa Johannes, y piensa que ya le ha hecho alguien un bombo a Anna Pettersen, esa muchacha tan hermosa, y él no ha sido, desde luego, y no pensaba él que Anna Pettersen fuera de esas, piensa Johannes, ay, qué pena, esto es muy duro de encajar, piensa Johannes ¿y quién habrá sido? piensa Johannes ¿y dónde se habrá metido Peter? piensa, pues tendrá que volver corriendo al barco de gablete de Peter, piensa Johannes, ay, qué lástima, piensa, y se da media vuelta y se aleja por el muelle y ahí, en el banco que acaban de pasar Anna Pettersen y él, está sentado Peter, tan guapo y elegante con su traje, y con su sombrero nuevo tan echado para atrás, ya tienen dos trajes igual de elegantes Peter y Johannes, pero para qué demonios andará Johannes con su mejor traje negro, con un sombrero en la cabeza y un paraguas en la mano, con un reloj en el bolsillo del chaleco, si Anna Pettersen acaba de escabullirse a toda prisa por el callejón y él se ha dado cuenta de que tiene el vientre abultado y de que alguien le ha hecho un bombo, y si al menos hubiera sido él, pero él no ha sido, porque él nunca ha pasado de donde han llegado hoy, cuando han paseado por el muelle cogidos del brazo

Anda, ven y siéntate, dice Peter

Pero ¿dónde te has dejado a la chica? dice

La última vez que te vi llevabas del brazo a Anna Pettersen de Dynja, dice

y ahí sentado en el banco junto a Peter, Johannes piensa que no será él quien se lo cuente a Peter, no será él quien le cuente en qué estado se encuentra Anna Pettersen, no será él, él no será

La has acompañado a casa, hasta la puerta, dice Peter

y hay en su voz algo provocador que a Johannes no le gusta

Supongo, dice Johannes

La has llevado derechito a los brazos de Aslaksen hijo, dice Peter

Si tú lo dices, dice Johannes

Lo dicen los rumores, dice Peter

Ya, dice Johannes

Aslaksen padre o Aslaksen hijo, alguno de los dos ha sido, dice Peter

Y dicen que ha sido el hijo, dice

Así que así anda la cosa, dice Johannes

Sí, ya lo habrás visto, dice Peter

Pues sí que lo he visto, dice Johannes

Pues ya está, dice Peter

Ya, ya, dice Johannes

Esta vez has llegado tarde, dice Peter

Dicen incluso que Aslaksen hijo se va a casar con ella, dice

y Johannes no sabe qué decir, si no fuera por esa carta tan imbécil que le envió no tendría mayor importancia, pero mira que mandar esa carta, qué torpeza, piensa Johannes, mira que hacer algo así, piensa, seguro que ahora ella se la enseña a Aslaksen hijo y se parten los dos de risa de lo que escribió y se lo pasan en grande a su costa, porque ¿acaso no escribió él a Anna Pettersen preguntando si podían verse una tarde de estas? y en caso de que sí, si ella pudiera y quisiera ¿no le dijo que la invitaría a café con tarta, y que luego podrían darse un paseo por la ciudad? pues sí, eso fue lo que escribió, y para cualquiera que sepa leer

Bueno, no le des más vueltas, dice Peter

No, dice Johannes

La cosa ha salido como ha salido, dice Peter

Así es, pero bonita sí que era la muchacha, dice Johannes

Eso mismo pensaría Aslaksen, o quizá Aslaksen hijo, dice Peter

Qué duda cabe, y al poco ya se le estaba notando, dice

Pero mira, mira a esas, dice

y se levanta y le da un golpe en el hombro a Johannes

Mira a esas dos, dice Peter

y Johannes mira hacia el muelle y por ahí vienen dos hermosas muchachas cogidas del brazo, y sonríen y se ríen y sin duda se lo están pasando bien

Eso sí que te vendría al pelo, dice Peter

Ahora que Anna Pettersen ha cogido y se ha ido con otro hombre, pues apenas se marcha, aparecen otras dos, dice

Yo, yo nos presento, dice

y se levanta, y Johannes ve a Peter ir al encuentro de las dos muchachas y ve que Peter se levanta el sombrero

Pues aquí tenéis a Peter, y ahí detrás

y se vuelve y levanta la mano en dirección a Johannes

Y ahí detrás viene Johannes, dice Peter

y las muchachas se ríen por lo bajo y se paran

Yo me llamo Marta, dice entonces una de ellas

Y yo me llamo Erna, dice entonces la otra

¿Quizá podríamos pasear con vosotras? dice Peter

y se acerca y le ofrece el brazo a Marta

Con mucho gusto, dice Marta

y coge a Peter del brazo

Pues quizá nosotros deberíamos, dice Johannes

y titubea al mirar a Erna

Supongo que sí, dice Erna

y Johannes le ofrece el brazo a Erna y ella le coge del brazo y luego caminan por el muelle, Marta y Peter y Erna y Johannes, y Johannes piensa que menuda muchacha se ha buscado con la que pasear del brazo, es chiquita y fina, y tiene un pelo moreno precioso, y qué hermoso compás llevan al caminar por el muelle en dirección al barco de gablete de Peter, y llegan al barco de gablete de Peter

Pues este es mi barco, dice Peter

Qué bonito es, dice Marta

Sí, con este barco se hacen buenas capturas, dice Peter

Me lo creo, dice Marta

Nosotras vamos a tener que irnos ya, dice Erna de sopetón y sin previo aviso

y mira a Marta con seriedad

Sí, tendremos que irnos, dice Marta

Pues ya hablaremos, dice Peter

¿Quizá el domingo que viene, pero algo más temprano? ¿aquí en el muelle? dice

Sí, nos vemos aquí, dice Marta

y mira algo dubitativa a Erna

Claro que sí, dice Erna

y entonces las muchachas retiran la mano y Peter y Johannes se quedan ahí en el muelle donde está atracado el barco de gablete de Peter y ven a Marta y a Erna alejarse por el muelle cogidas del brazo, y ellas se paran, y sonríen y se ríen, y levantan un brazo cada una y se despiden con la mano y Peter y Johannes también levantan el brazo y se despiden de las dos muchachas

Qué muchachas tan bonitas, dice Johannes

Eso no hay quien lo niegue, dice Peter

y Johannes se monta en el barco de gablete de Peter y se sienta a popa y ve a Peter de pie en el borde del muelle y lo ve tan quebradizo, como si fuera a caerse a pedazos en cualquier momento, esa es la sensación que da, casi pareciera, piensa Johannes, que el brazo fuera a desprendérsele del codo en cualquier momento, y el pelo, hay que ver qué largo y canoso lo tiene, y la cara, la piel de la cara, qué fina y qué blanca, Johannes casi tiene la impresión de poder verle los huesos blancos, como si se le viera la mandíbula en la cara, y esto de que no aparezca nadie, que esté todo tan tranquilo y silencioso, que no aparezca ni un alma para comprar cangrejos, mira que tienen el barco casi lleno de cangrejos, por todo el suelo reptan y se arrastran ¿y qué van a hacer con tantos cangrejos si no consiguen vender ninguno? con la buena captura que han hecho hoy, un montón de cangrejos han cogido, y repletitos de carne, y Johannes tiene en las manos una bolsa de plástico llena de los mejores cangrejos que han cogido hoy, porque Peter seleccionó los mejores cangrejos y dijo que eran para la vieja señorita Pettersen, ella siempre venía a comprar cangrejos, dijo, pero aún no ha aparecido, no ha aparecido nadie, ni la vieja señorita Pettersen ni nadie más ¿y cuánto tiempo se van a quedar aquí atracados? tampoco pueden quedarse aquí atracados eternamente, piensa Johannes

No parece que venga nadie a comprar cangrejos, dice Johannes

Ya, pinta mal, dice Peter

Pero aún no podemos darnos por vencidos, tenemos el barco a rebosar, dice

No podemos, dice

Ya, supongo que no, dice Johannes

Pero ¿quizá podrías cruzarme al otro lado del estrecho y dejarme allí y luego atracar de nuevo aquí en el muelle? dice

Claro que puedo, dice Peter

Y luego, por la tarde, dice Johannes

Sí, dice Peter

Y luego, por la tarde, te corto el pelo, es una vergüenza que lo lleves tan largo y desaliñado, dice Johannes

Ya, pues pásate por casa al atardecer, dice Peter

Eso haré, dice Johannes

Pero es muy raro que no venga la vieja señorita Pettersen, dice Peter

Siempre viene, dice

Apenas recuerdo ningún día en que no haya venido, esta debe de ser la primera vez, fíjate que sí creo que es la primera, dice

Pues yo creía que había muerto, dice Johannes

Muerto, qué cosas dices, dice Peter

¿No podrías cruzarme al otro lado del estrecho? dice Johannes

Sí, claro que puedo, dice Peter

y luego dice que no sabe qué va a pensar la vieja señorita Pettersen cuando llegue al muelle para recoger sus cangrejos y Peter no esté, la vieja señorita Pettersen se va a quedar desconcertada cuando llegue y no lo encuentre, pero bueno, será lo que tenga que ser, dice Peter, y Johannes dice que siempre podrían dejarle la bolsa de cangrejos en el muelle, para que ella los recoja, dice, porque tampoco es que haya nadie más por aquí, así que no es probable que se los roben, dice Johannes, y Peter dice que tendrán que hacer eso, y además no será la primera vez que lo haga, dice Peter, así que Johannes puede pasarle la bolsa, dice, y Johannes le pasa la bolsa de plástico a Peter y él la agarra y deja la bolsa de plástico en el muelle y Peter va y suelta la amarra de proa y arroja la amarra dentro del barco y luego suelta las amarras de popa y se monta con cuidado en el barco de gablete y para Johannes es un dolor verlo, porque realmente da la impresión de que Peter casi no puede subir los pies a bordo, es como si no pudiera tocar nada con fuerza, porque se le caerían los brazos, piensa Johannes, ay, da lástima verlo, piensa Johannes ¿qué le estará pasando a Peter? piensa, está hecho una piltrafa, da lástima verlo, piensa Johannes, y Peter se sienta a su lado

Quizá podrías accionar la manivela y arrancar el motor, dice Peter y Johannes asiente con la cabeza y se acerca a la caja del motor y agarra la manivela y la acciona y entonces se oyen unas explosiones y a continuación el ruido familiar de los golpes secos del motor y empiezan a alejarse del muelle, lentamente, y avanzan por el estrecho

Pues esto ha salido de pena, dice Johannes

Pasa con frecuencia, dice Peter

Unas veces no consigues cangrejos, y otras veces no consigues colocarlos, dice

Me imagino que sí, dice Johannes

y Johannes alza la vista y ve que el cielo está a punto de nublarse y piensa que ya es hora de que se vuelva a casa, y luego, por la tarde, se pasará por casa de Peter para cortarle el pelo

Pero mira allí, dice Peter

y señala hacia el muelle y allí, más o menos donde estaba atracado el barco de gablete de Peter, allí en el muelle, ven a la vieja señorita Pettersen agachándose para recoger la bolsa de plástico con los cangrejos

Te lo dije, esa mujer siempre viene, dice Peter

Eso parece, dice Johannes

Bueno, pues está bien que ya haya cogido sus cangrejos, dice Peter

Sí que está bien, sí, dice Johannes

y el barco de gablete cruza trabajosamente el estrecho, avanzando a golpes de motor, y Johannes ya ve el muelle de la Cala, y no muy lejos del muelle está su casa, y va a estar bien meterse en casa, piensa Johannes, y si viviera Erna sería realmente un gusto, pero ahora que Erna no está, resulta bastante triste, aunque la casa al menos estará caldeada y algo para comer también encontrará, piensa Johannes, pero lo de Erna fue una pena, que lo dejara tan solo, siempre pensó que él sería el primero en marchar, pero fue Erna, y claro que le resulta raro estar solo, con todos los años que estuvieron casados y con lo bueno que fue el matrimonio, y siete hijos tuvieron, y todos esos años juntos disfrutaron el uno del otro, aunque se pelearan de vez en cuando, claro, pero por lo general su convivencia fue agradable y tranquila, solo que ahora ella se ha ido para siempre

Así es la cosa, dice Johannes

Vaya, ya estás hablando solo otra vez, dice Peter

y Johannes ve a Peter sentado a la caña del timón mirándolo

Eso parece, dice Johannes

Mira que estás viejo tú también, Johannes, dice Peter

y sonríe apaciblemente a Johannes

Eso parece, dice Johannes

Yo también, claro, eso no hay quien lo niegue, dice Peter

No, jóvenes ya no somos, dice Johannes

Ni mucho menos, dice Peter

¿Vas a atracar al oeste de la Ensenada? dice Johannes

Aún me lo estoy pensando, dice Peter

¿Piensas volver a la ciudad? dice Johannes

Pues sí, antes o después tendrá que aparecer alguien, dice Peter

Ya, había una calma muy rara, dice Johannes

No había ni un alma, dice Peter

Pero al final apareció la vieja señorita Pettersen, dice Johannes

Ya, ya, dice Peter

Ella aparece, dice

Siempre aparece, dice

Te ha dado pena no haberla esperado, dice Johannes

Quizá un poco, dice Peter

Porque siempre me encuentro con ella, dice

Cuando tengo cangrejos que vender, ella siempre aparece, eso es así, dice

Así será, dice Johannes

y vuelve la vista hacia delante y ve que se están acercando al muelle de la Cala, y en cuanto Peter amarre, podrá bajarse por fin y luego subirá a su casa, piensa Johannes, y piensa tomarse un cafelito, piensa, y si Erna viviera, sería un verdadero gusto llegar a casa, pero, en fin, ya no es lo mismo, piensa Johannes, y Peter atraca el barco en el muelle de la Cala y Johannes se levanta

No querrás llevarte unos cangrejos, dice Peter

No, no sé, dice Johannes

No tendrás muchas ganas de ponerte a cocinar, dice Peter

No, creo que no, dice Johannes

Supongo que a mí me pasa lo mismo, dice Peter

y entonces Johannes sube al muelle de la Cala y le resulta tan fácil tan fácil, tan fácil como si fuera un muchacho le resulta, esto no hay quien lo entienda, piensa Johannes, unas veces le pesan tanto las carnes que apenas es capaz de moverse y otras, como ahora, y como esta mañana temprano, se siente tan ágil de piernas que apenas nota que se mueve, pues así es la cosa, piensa Johannes

Entonces vienes luego a cortarme el pelo, dice Peter

Allí estaré, dice Johannes

y Johannes ve a Peter alejarse del muelle de la Cala marcha atrás, con su barco de gablete, y se queda ahí mirando a Peter, hay que ver la pinta que tiene, piensa Johannes, da lástima verlo, piensa, y ve que el agua se pone blanca alrededor del barco de gablete negro con bordas blancas y en ese momento Johannes ve el barco de gablete desvanecerse ante sus ojos y no entiende nada, ahí estaba el barco con Peter a bordo y de pronto el barco ha desaparecido, no se ha hundido, no se ha alejado por el agua, simplemente se ha esfumado, piensa Johannes, y piensa que será mejor que se vuelva a su casa, será un gusto llegar a casa y ver a Erna, quizá incluso le tenga un café preparado, piensa Johannes, y echa a andar por la cuesta hacia su casa, ya no le queda más que un trechito por el camino y luego rodeará la loma y seguirá otro poco de frente y ahí estará su casa, piensa Johannes, y sube por el camino y si Erna estuviera allí para recibirlo, estaría todo bien, piensa Johannes, pero eso de que Erna muriera antes que él, ay, eso no está bien ¿y no le ha prometido a Peter que se pasará por su casa para cortarle el pelo? sí, eso le ha dicho, piensa Johannes, así que tendrá que irse ya para casa de Peter, o quizá sea mejor que se pase primero por casa a ver si está Erna, pero en qué estará pensando, Erna, pero si Erna murió hace tiempo, y luego piensa que sí que será mejor que se pase por casa a ver a Erna, ay, no, en qué estará pensando, y Peter acaba de marcharse con su barco de gablete así que aún no habrá llegado a su casa, cómo puede estar pensando en ir ya a casa de Peter, en fin, hoy no está en sus cabales, hoy no soy yo, piensa Johannes, pues entonces no le quedará más remedio que pasar por casa, piensa Johannes, y se para y se vuelve y mira por encima del estrecho, hacia la ciudad, y ve que ha arreciado mucho el viento, así que dentro de poco empezará a llover, piensa Johannes, así que tendrá que irse ya para casa, y madre mía, ahora se hace de noche y la noche llega sin avisar, no hay ni atardecer ni anochecer, llega de sopetón, porque es ya tan de noche que no ve ni dónde pone los pies, así que tiene que llegar ya a su casa, pero qué desastre, es como si hoy todo fuera mal, hoy ocurre todo de sopetón y sin previo aviso, piensa Johannes, y echa a andar por el camino hacia su casa y conoce tan bien el camino que podría recorrerlo sin ver ni torta y se detiene, porque ¿no está oyendo unos pasos ahí delante? sí que oye unos pasos ¿y no vienen los pasos a su encuentro? ¿y no son los pasos de Erna lo que oye? eso es que Erna ha salido a recibirlo, fíjate que ha salido a recibirlo, piensa Johannes, esto sí que es increíble, piensa Johannes, aunque no puede ser Erna la que viene a su encuentro, claro, no puede ser, claro, piensa Johannes, y los pasos se acercan y él se queda ahí parado y entonces los pasos se detienen ante él

¿Eres tú, Johannes? dice Erna

y Johannes siente que le embarga una felicidad

Eres tú, Erna, dice Johannes

Claro que soy yo, dice Erna

Qué preocupada he estado por ti, el tiempo ha cambiado de pronto, y se ha levantado viento, y se ha hecho de noche y no sabía si seguirías en el mar, dice

No, estaba en tierra, llegué antes de que cambiara el tiempo, dice Johannes

Pues menos mal, dice Erna

Será mejor que nos metamos en casa, dice

Será mejor, sí, dice Johannes

Desde luego que sí, dice Erna

Ven, dame la mano, dice

y Johannes le da la mano a Erna y nota que tiene la mano fría, ni una pizca de calor hay en la mano, y Erna y Johannes avanzan de la mano por el camino

Pues he encendido la luz de afuera, Johannes, dice Erna

Qué amable eres, dice Johannes

Es que, con lo oscuro que está todo, hace falta, no se ve ni torta, dice ella

Sí que está oscuro, sí, dice Johannes

y Erna y Johannes avanzan por el camino y gracias a la luz de afuera Johannes puede ver y la luz ilumina la puerta de un modo muy acogedor y ahora le resulta todo agradable y seguro, como antes le resultaba tan a menudo, ahora está todo como debe estar, piensa Johannes, así deben ser las cosas, así deben ser por los tiempos de los tiempos, piensa Johannes

Cuando lleguemos a casa pondré la cafetera, dice Erna

Sí, me va a sentar bien un café recién hecho con un cigarrillo, dice Johannes

Eso pienso yo, dice Erna

y Johannes se vuelve hacia Erna y no la ve por ninguna parte, aunque sí que nota su mano fría, piensa, y además ha oído su voz, y ha oído sus pasos, solo que ya no la ve, no se la ve por ninguna parte y Johannes pregunta si Erna está allí y ella no contesta y él le aprieta la mano con fuerza y nota lo fría que está la mano, lo flaca que está

Erna, tienes que responder, dice Johannes

Anda, responde, Erna, dice

¿Dónde estás? dice

Anda ¿no podrías responderme? dice

y Johannes agarra con más fuerza la mano fría y nota que la mano cede y se desvanece dentro de la suya, pero Erna, mujer, piensa Johannes

¿Qué te pasa, Erna? dice Johannes

y se para y mira hacia su casa que está ahí donde ha estado siempre, y ya no es de noche sino que hay luz y él está solo y Erna ya no está, ha desaparecido, y hay que ver qué cosas se imagina, piensa Johannes, que es de noche, y que Erna sale a recibirlo, y que, bueno, lo que sea, piensa Johannes, y ahora tendrá que pasarse un momento por su casa y luego tendrá que subir a casa de Peter para cortarle el pelo como antaño, eso han acordado, piensa Johannes, y va hasta la casa y empuja la puerta para que se abra y entra y qué gusto da volver a casa, piensa, siempre que sale con el barco le da gusto volver a casa, piensa Johannes, y va derecho a la cocina y allí, ante la mesa, sentada en su silla de siempre, estará Erna

Mira que ha sido mala la pesca hoy, dice Johannes

Hoy no picaban los peces, dice

Menos mal que ya tenemos la pensión, dice Erna

Sí, ahora estamos bien, dice Johannes

Es verdad, dice Erna

y Johannes se sienta junto a la mesa de la cocina, frente a Erna, y ella se levanta y coge la taza de Johannes de la encimera y luego coge la cafetera del fogón y le sirve un café

Bueno, querrás un café ¿no? dice Erna

Sí, con mucho gusto, dice Johannes

y Erna pone la taza de café delante de Johannes y él se saca el paquete de tabaco y se lía un cigarrillo

Qué bien me van a sentar ahora un cigarrillo con café, dice Johannes

Pues no deberías fumar, dice Erna

Llevo sesenta años fumando, así que tendré que fumar los años que me queden, dice Johannes

Bueno, tú sabrás, dice Erna

Pero hay que ver lo caro que se ha puesto el tabaco, dice

Mejor no me tires de la lengua, dice Johannes

Es una vergüenza, dice

No sé cómo no les da vergüenza cobrar tanto por un paquete de tabaco, dice

Es por los impuestos, dice Erna

Pues es una vergüenza, dice Johannes

y levanta la cajita de cerrillas y se enciende el cigarrillo y le da un par de caladas buenas y luego levanta la taza, la sostiene un ratito delante de la cara y por fin le da un trago al café

Qué rico, dice Johannes

Quizá quieras también una rebanada de pan, dice Erna

No, creo que no, dice Johannes

Ya, tú nunca has sido de mucho comer, dice Erna

Pero una rebanada de pan con queso te sentaría bien, dice

Sí, puede ser, dice Johannes

y ve que Erna se levanta y se acerca a la ventana de la cocina y se queda ahí parada, mirando hacia afuera, y Johannes piensa que están bien, Erna y él, desde que reciben la pensión tienen dinero para vivir, y los hijos son ya mayores, y les han salido buenos, todos y cada uno de ellos, eso no hay quien lo niegue, y además tienen nietos, tantos que él al menos ya ha perdido la cuenta, claro que a él nunca se le han dado muy bien los números, piensa Johannes, para nada, él se ha llevado más bien mal con los números, piensa Johannes, y eso ha causado algún que otro contratiempo a lo largo de los años, piensa Johannes

Ay, esta Erna, esta Erna, dice

y Johannes mira a Erna y ella se vuelve hacia él y se queda mirándolo, en silencio y feliz, y Johannes piensa en lo bien que estuvieron los últimos años que vivió Erna, sin apuros de dinero, sin trajines ni fatigas de ningún tipo, vivieron en paz y tranquilidad, pero de pronto un día Erna amaneció muerta en su cama ahí arriba en la guardilla, piensa Johannes, y mira hacia la ventana de la cocina donde solía apostarse Erna y ahí no hay Erna ninguna, no hay más que suelo vacío, piensa Johannes, y deja el cigarrillo en el cenicero y va a coger la cafetera del fogón

Un culillo de café seguro que queda de esta mañana, dice Johannes

y coge la taza de la encimera y se sirve un café

Me sentará bien un cafelito, aunque sea frío, dice

y va y se sienta ante la mesa de la cocina, y le da un trago al café, coge el cigarrillo del cenicero, se lo vuelve a encender y le da un par de caladas, y luego se acerca a la ventana de la cocina y se apuesta ahí para mirar hacia afuera, ay qué pena, piensa Johannes, qué lástima da quedarse solo, es una verdadera lástima, piensa Johannes, será mejor que vuelva a salir enseguida, piensa, en casa ya no hay quien pare, piensa Johannes, y sale a la entrada y se vuelve y ahí está Erna, en la puerta de la cocina

Prométeme tener cuidado con el mar, dice Erna

Lo tendré, sí, dice Johannes

Recuerda que no sabes nadar, dice ella

Ya, eso está muy mal, dice Johannes

y Johannes sale y cierra la puerta tras él y esta vez no piensa mirar atrás, se va a ir derechito a casa de Peter, piensa Johannes, porque la verdad es que a Peter le hace ya mucha falta cortarse el pelo, piensa Johannes, hay que ver lo largo y canoso y ralo que lo tenía, daba lástima verlo, piensa Johannes, y echa a andar hacia casa de Peter y ahí, ahí en el camino ¿no es Signe, su hija menor, la que viene por ahí? sí que es Signe, pues puede que venga a verlo a él, piensa Johannes, mira qué bien, piensa, y se para y la espera en la cuneta y ve a Signe bajar con paso decidido por el camino ¿y por qué parecerá tan preocupada? ¿y por qué no se fija en él? Signe avanza a buen ritmo y no nota que él la está esperando a unos pocos metros, en la cuneta, Signe, la hija menor, viene derecha hacia él ¿y no lo ve? pero ¿qué le pasará a Signe? piensa Johannes ¿por qué hace como si no lo viera? piensa

Signe, Signe, oye, Signe, grita Johannes

y Signe sencillamente sigue su camino

¿No me ves? dice Johannes

Pero si estoy aquí, soy tu padre, Johannes, dice

¿y no está viendo un ligero temblor, como de miedo, en la cara de Signe? Claro que sí, un ligero temblor, un ligero temor, había, pero ¿por qué no le responderá Signe? ¿le habrá dicho él algo incorrecto? ¿habrá hecho algo mal? ¿qué será? piensa Johannes, y sale al camino, al encuentro de Signe, y ella avanza derecha hacia él

Signe, Signe ¿no me ves? dice Johannes

y le invade una profunda desesperación, porque Signe ni lo ve ni lo oye, simplemente avanza derecha hacia él

Signe, Signe, dice Johannes

y Signe que se para un momento ante él y nunca había visto Johannes tanto miedo en los ojos de Signe, tiene los ojos negros de miedo, piensa Johannes, y además no lo ve, avanza derecha hacia él y avanza y avanza hacia él

Signe, Signe ¿no me ves? grita Johannes

y Signe avanza derecho hacia él y luego entra en él y Signe lo atravesó como si nada y él notó su calor, pero ella lo atravesó como si nada, como si nada, piensa Johannes, y Signe piensa que esto, esto, pero había algo avanzando hacia ella, lo vio perfectamente e intentó esquivarlo, apartarse, pero es que no se podía, vino derecho hacia ella y entonces, pues entonces no le quedó más remedio que seguir andando y resulta que lo atravesó como si nada y estaba muy frío, aunque tampoco es que doliera, simplemente estaba frío y desamparado, y qué horror, esto no puede contárselo a nadie, porque si lo cuenta creerán que se ha vuelto loca, piensa Signe ¿y qué le pasará a su padre? ¿no se habrá echado a morir él también? no puede haber hecho eso, aunque la verdad es que lo ha llamado hoy ya varias veces y no ha cogido el teléfono y tendría que haber venido antes a verlo, claro, pero le ha resultado imposible escaparse, estaba trabajando, qué rabia que no coja el teléfono justo uno de los días que trabaja, piensa Signe, y luego ha llamado Torset, el vecino, diciendo que no había visto a Johannes en todo el día y tampoco había luz en la casa, dijo, así que había pensado que lo mejor era que llamara a Signe, eso dijo, así que ella había salido para casa de su padre, claro, para comprobar cómo estaba, piensa Signe, porque sí que es raro, la verdad, y su padre sale a pasear todos los días, a veces incluso en bicicleta, cuando el tiempo acompaña, y que no haya encendido las luces, ni siquiera ahora que se ha hecho de noche, eso sí que es raro, piensa Signe, algo tiene que haber pasado y mira que si el padre está tirado en el suelo, si se ha caído, si se ha roto algo y ella no aparece hasta ahora para ayudarle, qué horror, piensa Signe, y qué oscuro está todo, si por lo menos estuvieran en otra época del año y no fuera pleno invierno, que es de noche a casi todas horas, así que ahora tiene que ir a ver a su padre, y luego eso otro, eso de que algo viniera hacia ella y no quisiera apartarse, sino que viniera derecho hacia ella, y cuando ella se apartaba, eso la seguía, qué horror, piensa Signe, y luego que la atravesara, piensa Signe, y Johannes está parado en el camino viendo a Signe alejarse y piensa que hay que ver, que su propia hija Signe, la menor, no lo haya visto, no lo haya reconocido, que él estuviera ahí, que fuera a su encuentro y ella hiciera como que no lo veía, ay, qué pena, piensa Johannes, y que no respondiera cuando la llamó

Signe, Signe, responde, te llama tu padre, grita Johannes

y lo único que oye son los pasos de Signe que siguen por la cuesta abajo, qué lástima, piensa Johannes, qué pena, que Signe ni lo vea ni lo oiga, hay que ver qué pena, piensa Johannes, y piensa que tendrá que volver a su casa, tendrá que seguir a Signe, porque es muy posible que ella vaya para su casa a visitarlo, solo que él va camino de casa de Peter y como lo tienen acordado tendrá que pasarse primero por casa de Peter, aunque quizá pueda cortarle el pelo en otra ocasión, piensa Johannes, y sube hasta casa de Peter y se acerca a la puerta, llama con los nudillos, pero nadie contesta y entonces Johannes empuja la puerta y la abre

¿Estás ahí, Peter? grita

pero nadie contesta, bueno, pues será que Peter aún no ha vuelto a casa, piensa Johannes, y no podrá entrar no estando en casa Peter ¿no? piensa Johannes, no, no puede hacer eso, piensa Johannes, pero quizá pueda sentarse a esperarlo en el banco del jardín, piensa Johannes, pues sí, eso va a hacer, porque no llueve y el tiempo está templado y agradable, una bonita tarde de verano es, piensa Johannes, y cierra la puerta de la casa de Peter y baja por el jardín y se sienta en el banco del jardín de Peter y ahora tendrá que esperarlo aquí sentado, piensa Johannes, pues sí, eso hará, piensa, y Signe está ante la puerta de la casa de Johannes, y no es que sea gran cosa la casa en la que me crie, piensa Signe, y saca con torpeza la llave y abre la puerta y pasa a la entrada y encuentra el interruptor de la luz y enciende la luz de la entrada, ay qué pena, piensa Signe ¿y qué se va a encontrar ahora? piensa ¿qué no habrá pasado? piensa Signe, y ahora tiene que armarse de valor y entrar, no puede quedarse aquí en la entrada, pero hay que ver lo que le cuesta, y aun así tendrá que hacerlo, piensa Signe, y se queda mirando las losas del suelo de la entrada y piensa que nunca ha entendido por qué padre Johannes no podía poner un suelo decente en la entrada, tampoco habría salido tan caro, pero no, en cuanto mencionaban las losas se ponía imposible ¿y por qué padre Johannes no querría poner un suelo como todo el mundo? ¿por qué tenían ellos que tener losas en la entrada? piensa Signe, ay qué pena y qué lástima, pero tiene que despabilarse y entrar ya, y Signe abre la puerta de la cocina y enciende la luz y ahí sobre la encimera está la taza del padre y no parece que la haya usado y el cenicero está sobre la mesa de la cocina, ante el sitio del padre, y ahí están también el paquete de tabaco y la cajita de cerillas, así que aún no se ha levantado, piensa Signe, ay qué lástima, porque el paquete de tabaco está donde lo deja su padre por la noche, piensa Signe, todas las noches deja el paquete de tabaco y la cajita de cerillas ahí, sobre la mesa de la cocina, y de toda la vida lo primero que hace por la mañana al levantarse es fumarse un cigarrillo, y luego otro, y luego otro par con el café, todas las santas mañanas lo hace, piensa Signe, pero hoy parece que el padre no ha tocado el paquete de tabaco y el cenicero está vacío, ay qué pena, piensa Signe, y entonces dice para sus adentros que ahora el Dios bueno y lejano tendrá que ayudarla, ahora Jesucristo, que entabló los lazos entre el Dios bueno y lejano y las descarriadas personas de este mundo de maldad, gobernado por los impotentes dioses de la muerte, tendrá que ayudarla, y entonces es como si Signe se armara de valor y pasa a la sala, enciende la luz, y ahí está todo como siempre, y entonces se acerca a la alcoba, y se para ante la cortina

Padre Johannes, dice Signe

y lo dice en voz baja y piensa que en cualquier caso tiene que llamarlo, por si acaso

¿Estás ahí, padre Johannes? dice

Soy Signe, tu hija chica, dice

Tienes que responder, padre Johannes, dice

¿No podrías responderme, padre Johannes? dice

y Signe piensa que ahora tiene que correr la cortina y mirar adentro, y seguro que ahí yace su padre, y estará muerto, padre Johannes, piensa Signe, ay qué lástima le da, su padre ha sido un bicho raro toda la vida, pero tan bueno y amable, y se ha dejado la piel por los suyos ¿y ahora se habrá marchado él también? piensa Signe, ay qué pena, piensa Signe, y no puede quedarse aquí parada, no le queda más remedio que pasar el trago, piensa, y aparta la cortina y atraviesa el umbral y vislumbra al padre tumbado en la cama y pareciera dormido y aquí en la alcoba tampoco habrá luz en el techo, claro, piensa Signe, y la cortina se cierra tras ella y Signe estira los brazos hacia delante y avanza a tientas y toca la pantalla de la lámpara de la mesilla y palpa la pantalla y encuentra el interruptor y enciende la lámpara de la mesilla y entonces Signe ve al padre tumbado en la cama, exactamente como si estuviera dormido, con los ojos cerrados y la boca entreabierta, y tiene el pelo aún tupido revuelto y despeinado y Signe lleva la mano a la frente de su padre y nota que la frente está fría y Signe coge la mano de su padre y nota que la mano está fría

Padre Johannes, despierta, dice Signe

y el padre no contesta, no se mueve

Anda, padre Johannes, despierta, dice Signe

Padre Johannes, despierta, dice

y lleva la mano a la muñeca del padre y presiona y ningún pulso nota que haya y lleva la mano ante la boca y la nariz del padre y aliento no siente que haya, pues será que se ha muerto, piensa Signe

Así que te has muerto, padre Johannes, dice Signe

Has tenido que darte por vencido, y eso que eras recio, dice

Johannes, mi padre Johannes, dice

Padre Johannes, padre Johannes, dice

Padre Johannes, tan viejo y tan bueno, dice
y está ahí parada en la alcoba, mirando a su padre
Padre Johannes, tan viejo, dice Signe
y entonces sacude un poco la cabeza y nota unos tirones en la boca y en ese momento se le llenan los ojos de lágrimas ¿y ahora? ¿ahora qué tiene que hacer? piensa Signe
¿qué se hace en estos casos? piensa, tendrá que llamar al
médico ¿no? pues sí, eso tendrá que hacer, aunque ya no
haya nada que hacer, tendrá que llamar al médico, piensa
Signe, y vuelve a la sala y pasa a la entrada donde el teléfono está sobre un pequeño estante y coge la guía telefónica y busca el número del médico y ahora tiene que llamar
al médico, piensa, y luego tendrá que llamar a Leif para
que baje a ayudarla, porque Leif ya habrá vuelto del trabajo y siempre vuelve muy cansado, tiene un trabajo muy
duro, Leif, pero cuando suceden estas cosas, en fin, habrá que llamar al médico, piensa Signe, y levanta el auricular y marca el número y el médico contesta y dice que
vendrá enseguida y Signe marca el número de su propia
casa, de su marido Leif, y él también contesta y dice que
vendrá enseguida y ahí está Signe parada, en la entrada, y
mira las losas del suelo y piensa que por esas losas luchó
su padre Johannes, no quería que las quitaran, le gustaban
mucho las viejas losas a su padre, piensa Signe ¿y ahora?
¿ahora qué hace? piensa Signe, y entra en la cocina y coge
el paquete de tabaco y la cajita de cerillas y el cenicero de
su padre Johannes y lo deja todo sobre la encimera, bajo
la ventana de la cocina ¿y ahora qué hace? piensa Signe
¿hacerse un café? ¿hacerle uno al médico? ¿a Leif? pero
quizá sea de mala educación hacer eso ahora que acaba

de encontrar a su padre muerto, piensa Signe, pero ¿qué hace? ¿volver junto a su padre? ¿sentarse ahí, a su lado? lleva todo el día solo y muerto, así que quizá debería ir junto a él, piensa Signe, tal vez sea eso lo que hay que hacer, sentarse junto a padre Johannes, puede que ahora que acaba de morir necesite a alguien a su lado, piensa Signe, o quizá padre Johannes prefiera estar solo, piensa Signe, cuando surgía algún problema o no se sentía bien, padre Johannes siempre prefería estar solo, el mejor consuelo es estar solo, recuerda Signe que le oyó decir un día, y si las cosas no han cambiado padre Johannes no querrá que se siente a su lado, piensa Signe, pero ¿entonces dónde se mete? tendrá que salir a esperar al médico, quizá no sepa dónde está la casa, piensa Signe, y sale y luego vuelve a entrar en la casa, enciende la luz de afuera, vuelve a salir, empieza a bajar por el camino y qué pena que esté todo tan oscuro y luego eso de que algo viniera hacia ella y la siguiera cuando ella trataba de esquivarlo y aun así fuera a su encuentro y luego la atravesara como si nada, piensa Signe, ay será mejor que no piense en eso, piensa Signe, y que eso pasara la misma noche en la que encontró muerto a su padre Johannes, ay es casi un horror, piensa Signe, casi lo peor, piensa, y ve llegar un coche y es Leif, y menos mal que ha venido enseguida, piensa Signe, y ve detenerse el coche y Leif se baja

Así que se nos ha ido padre Johannes, dice Leif

Eso parece, dice Signe

Está en la cama, creo que se fue mientras dormía, dice

¿Y has llamado al médico? dice Leif

Sí, dice Signe

Se habrá muerto en algún momento de la noche, dice Leif

Al menos no ha salido de la cama, dice Signe

Se habrá muerto mientras dormía, y seguro que ha sido mejor así, dice Leif

Y estuvo sano hasta el final, dice Signe

Sano y fuerte, dice Leif

Y casi todos los días, cuando el tiempo lo permitía, salía con el barco, dice

Él no se daba por vencido, dice Signe

Desde luego que no, dice Leif

Pero qué pena, dice Signe

y coge a Leif del brazo y apoya la cara en su brazo y en ese momento brotan las lágrimas, no muchas, pero algunas

Claro que da pena, dice Leif

Pero así es, dice

No hay nada que hacer, esto nos pasa a todos, dice

Es así y ya está, dice

y Signe le suelta el brazo

Pues ya se nos ha ido también padre Johannes, dice Signe

Quizá yo, dice Leif

y Signe lo interrumpe

Creo que ya llega el médico, dice

y se acerca un coche y luce el intermitente y el coche sale del camino y se para y un hombre bajito de barba canosa se baja y abre la puerta trasera del coche y saca un maletín y se dirige hacia Signe y Leif

Así que se trata de Johannes, dice el médico

Sí, dice Leif

Será mejor que nos acompañes, dice Signe

y van en silencio hasta la casa y Signe abre la puerta y pasa a la entrada y piensa que de niña siempre le daba mucha vergüenza que tuvieran losas en la entrada, pero ahora ya le da igual, piensa Signe, y pasa a la cocina y el médico la sigue y detrás del médico viene Leif y Leif cierra la puerta de la cocina y Signe pasa a la sala, y el médico y Leif la siguen

Está ahí en la alcoba, detrás de la cortina, dice Signe

y el médico asiente con la cabeza y Leif aparta la cortina y el médico pasa y Leif pasa a la alcoba detrás del médico y qué pena, piensa Signe, esto no hay quien lo aguante, piensa, y se va a la cocina, necesita un cigarrillo, piensa Signe, y se acerca a la encimera y coge el paquete de tabaco de padre Johannes y lo abre, saca un papelillo, coge un buen pellizco de tabaco y luego se lía un cigarrillo y coge la cajita de cerillas y se enciende el cigarrillo y ahí se queda Signe ante la ventana de la cocina, fumando y mirando la oscuridad de afuera y piensa que ya se nos ha ido también padre Johannes, ay qué pena, aunque era mayor, desde luego, y había vivido muchos años, pero aun así, que ahora se haya ido para siempre, qué pena, piensa Signe, ay qué pena, piensa, y entonces oye pasos y ve al médico entrar en la cocina

Te estás fumando un cigarrillo, dice el médico

Eso hago, dice Signe

Pues sí que está muerto, dice el médico

Murió apaciblemente mientras dormía, dice

Tiene que haber sido por la noche, o quizá a primera hora de la mañana, dice

A primera hora de la mañana, sí, dice Signe

Pero ¿no ha intentado levantarse? dice

No parece, dice el médico

Debió de morir mientras dormía, dice

Pues entonces me parece que no tengo mucho más que hacer aquí, dice

Es una pena, claro, pero al fin y al cabo tuvo una larga vida, dice

Sí, dice Signe

Pues yo no puedo hacer mucho más, dice el médico

Pues muchas gracias, dice Signe

y ve a Leif entrar en la cocina y mirar al médico

Te acompaño, dice Leif

y va hacia la puerta de la cocina y la abre y el médico sale y Leif sale detrás del médico y Signe deja el cigarrillo en el cenicero y pasa a la sala y va a la alcoba y allí ve a padre Johannes en la cama y parece tranquilo, casi como si durmiera, piensa Signe, y pone su mano en la de él, casi como cuando era una niña chica, piensa Signe, y siente una presión en los ojos y los ojos se llenan y Signe palpa los dedos largos, delgados y ásperos de padre Johannes y ve que ya azulean alrededor de las uñas y es domingo por la tarde y padre Johannes la lleva de la mano, caminan por la carretera, y Johannes piensa que Peter tendrá que llegar ya pronto, esta tarde le iba a cortar el pelo a Peter, eso acordaron, piensa Johannes, pero tampoco puede quedarse aquí sentado en el banco del jardín de Peter, por bonita y luminosa que esté la tarde de verano, y hace un momento vio a su yerno Leif pasar con el coche, adónde iría, piensa Johannes, pero aquí no se puede quedar, eso está claro, piensa Johannes, y se levanta y resulta que Leif viene ya de vuelta con el coche y junto a él en el asiento delantero va su hija Signe, la menor, fíjate que Signe no lo reconociera, que no quisiera responderle cuando le habló, qué pena, piensa Johannes, y si ahora resulta que hay algún problema entre ellos tendrá que pasarse por casa de Signe y preguntarle qué pasa, tendrán que arreglarlo, claro, piensa Johannes, y debería hacerlo ahora mismo, solo que ha quedado con Peter, piensa Johannes, y piensa que aquí no se puede quedar, quizá deba volver a llamar a la puerta de Peter, quizá estaba echando la siesta cuando Johannes llamó a la puerta hace un rato, podría ser, piensa Johannes, y se levanta y va hacia la puerta de la casa de Peter y llama a la puerta, una vez, dos veces, varias veces, pero no oye nada, y entonces Johannes oye pasos a su espalda y se vuelve y ahí está Peter

Por fin apareces, Peter, dice Johannes

y Peter se endereza

Tienes que venir ya, Johannes, dice

¿No quieres que entremos en tu casa para que te corte el pelo? dice Johannes

No, no, dice Peter

Creía que habíamos quedado en eso, dice Johannes

Es que ya no puedes cortarme más el pelo, Johannes, dice Peter

y entonces Peter levanta una mano y se atraviesa con ella el pelo como si no hubiera pelo en absoluto

¿Lo entiendes? dice Peter

Pues no sé, dice Johannes

Ya te has muerto tú también, Johannes, dice Peter

y Johannes mira a Peter y hay que ver qué cosas dice este hombre, qué horror, que está muerto

¿Estoy muerto? dice Johannes

Ya te has muerto, tú también, Johannes, dice Peter

Y como yo era tu mejor amigo, me ha tocado ayudarte a cruzar, dice

¿Ayudarme a cruzar? dice Johannes

y Peter asiente con la cabeza

Estás en tu cama, Johannes, dice Peter

No me digas, dice Johannes

Pues sí, dice Peter

Venga, Johannes, dice

y Johannes se reúne con Peter y entonces Peter y Johannes echan a andar por el camino

¿Vamos al oeste de la Ensenada? dice Johannes

Sí, dice Peter

¿Y qué vamos a hacer allí? dice Johannes

Nos vamos de viaje, tú y yo, dice Peter

Sí, dice Johannes

Iremos en mi barco de gablete, y luego viajaremos a otro lugar, dice Peter

Bueno, tú decides, dice Johannes

Pues sí, no me va a quedar más remedio, dice Peter

y Johannes se pregunta qué será esto, no entiende nada ¿acaso no ha estado hoy sacando las nasas de cangrejos con Peter? ¿y no han ido también a la ciudad y han atracado allí para intentar colocar los cangrejos? aunque no consiguieron colocarlos, no se deshicieron más que de una bolsa de plástico llena de cangrejos que Peter le regaló a la vieja señorita Pettersen, o que Peter más bien dejó para ella en el muelle y ella vino a recoger al cabo de un rato, justo cuando acababan de decidir volverse a casa vino la vieja señorita Pettersen ¿no? todo eso sucedió ¿no? y ahora resulta que está muerto

Ahora tú también estás muerto, Johannes, dice Peter

Te moriste esta mañana, dice

Y como yo era tu mejor amigo, me enviaron a recogerte, dice

Pero ¿por qué hemos pescado cangrejos? dice Johannes

Tenías que desacostumbrarte a la vida, algo teníamos que hacer, dice Peter

Conque es así, dice Johannes

Así es, dice Peter

y cogen a la derecha y empiezan a bajar el camino cubierto de maleza que conduce a la Ensenada

Pero si te estoy viendo, dice Johannes

He recuperado un poco de cuerpo, para poder recogerte, dice Peter

Pero ahora nos vamos a montar en el barco de gablete y salimos de viaje, dice

¿Y adónde vamos? dice Johannes

Ay, ya estás preguntando como si aún vivieras, dice Peter

¿A ninguna parte? dice Johannes

Allí adonde vamos no es ningún lugar, y por eso tampoco tiene nombre, dice Peter

¿Es peligroso? dice Johannes

No, peligroso no, dice Peter

Peligroso es una palabra, no hay palabras allí adonde vamos, dice Peter

¿Duele? dice Johannes

Allí adonde vamos no hay cuerpos, así que no existe el dolor, dice Peter

Y el alma ¿allí duele el alma? dice Johannes

Allí adonde vamos no existen ni el tú ni el yo, dice Peter

¿Se está bien allí? dice Johannes

No se está ni bien ni mal, pero aquello es grande y apacible y un poco trémulo, y luminoso, por decirlo con palabras que no dicen gran cosa, dice Peter

y Johannes mira a Peter y ve que Peter está sonriendo por detrás del pelo canoso que le ha crecido aún más, más allá de los hombros le llega ya el pelo a Peter y se le ha puesto fuerte y sano, y es como si una luz dorada brillara alrededor de su cabeza

Ay, este Peter, este Peter, dice Johannes

y Peter y Johannes bajan el uno al lado del otro hacia la Ensenada, y de pronto, sin que se hayan montado en el barco de gablete de Peter, resulta que están ya a bordo del barco de gablete y luego, igualmente de pronto, están saliendo de la Ensenada

No mires atrás, Johannes, dice Peter

Ahora solo tienes que mirar el cielo y escuchar las olas, dice

Ya no oyes los golpes del motor ¿verdad? dice

No, dice Johannes

Y ya no tienes frío, dice

No, dice Johannes

Y tampoco tienes miedo, dice Peter

No, dice Johannes

¿Y Erna? ¿está allí? dice Johannes

Todo lo que te gusta está allí, y todo lo que no te gusta no está, dice Peter

¿Así que mi hermana Magda también está allí? dice Johannes

Sí, claro, dice Peter

Aunque se muriera antes de hacerse mayor, dice Johannes

Sí, así es, dice Peter

Sí, claro, dice Peter

y Johannes alza la vista y ve que el barco de gablete de Peter ha cogido rumbo al mar abierto al oeste

Pero ¿podemos coger rumbo al mar? ha arreciado el viento y hay tormenta, dice Johannes

Sí que podemos, dice Peter

y Johannes ve que se aproximan al Escollo Grande y al Escollo Chico y nunca antes se había aventurado Johannes a ir hacia el oeste del mar con un tiempo como este, porque el viento sopla y las olas están crecidas y el barco de gablete sube y baja con las olas y luego ya no van en el barco de gablete de Peter, aunque sí que van en un barco, y sí que están en el mar, y el cielo y el mar son como una y la misma cosa y el agua y las nubes y los vientos son como una y la misma cosa y luego todo, el agua y la luz están en una y la misma cosa, y ahí está Erna y le brillan los ojos y la luz de sus ojos es también como todo lo demás y luego deja de verse a Peter

Bueno, ya estamos en camino, dice Peter

y tanto Peter como él mismo son ellos mismos y a la vez no lo son, todo es uno y al mismo tiempo es diferente, es uno y a la vez exactamente lo que es, todo está separado y sin separación y todo está tranquilo y Johannes se vuelve y allá abajo, muy muy abajo, ve que está Signe, su querida Signe, está allí abajo, allí muy abajo está su querida hija

Signe la menor y Johannes se llena de amor por Signe al verla allí de pie con su hija menor Magda de la mano y alrededor de Signe están todos los demás hijos de Johannes y todos sus nietos y sus vecinos y sus apreciados conocidos y el sacerdote y en ese momento el sacerdote coge un poco de tierra y Johannes ve los ojos de Signe y también en ellos ve la luz que vio en los ojos de Erna y ve toda la oscuridad y todos los horrores que hay ahí abajo y él

    Qué horror estar ahí abajo, dice Johannes

    Ahora desaparecerán las palabras, dice Peter

    y la voz de Peter suena tan decidida

    y Signe ve al sacerdote echar tierra sobre el ataúd de Johannes y piensa que menudo personaje eras, mi querido padre Johannes, eras raro y testarudo, pero también bueno, y lo pasabas mal, yo lo sé, cada mañana al levantarte te daban arcadas, pero eras bueno, piensa Signe, y alza la vista y ve nubes blancas en el cielo y ve el mar hoy tan calmo y brillante, tan azul, y Signe piensa que ay padre Johannes, ay padre Johannes

Esta edición de *Mañana y tarde*,
compuesta en tipos Adobe Garamond Pro 12,5/15,5
sobre papel offset Natural de Vilaseca de 120 g,
se acabó de imprimir en Madrid el día 5 de septiembre de 2023.